2023年河南文学作品选

冯杰 主编
张晓雪 编

诗歌卷

郑州大学出版社

图书在版编目(CIP)数据

2023 年河南文学作品选. 诗歌卷 / 冯杰主编；张晓雪编. -- 郑州：郑州大学出版社，2024.10
ISBN 978-7-5773-0368-0

Ⅰ. ①2… Ⅱ. ①冯… ②张… Ⅲ. ①中国文学-当代文学-作品综合集-河南②诗集-中国-当代 Ⅳ. ①I218.61②I227

中国国家版本馆 CIP 数据核字(2024)第 105152 号

2023年河南文学作品选·诗歌卷
2023 NIAN HENAN WENXUE ZUOPINXUAN SHIGE JUAN

策　　划	李勇军	封面设计	小　花
责任编辑	暴晓楠	版式设计	小　花
责任校对	刘晓晓	责任监制	李瑞卿

出版发行	郑州大学出版社(http://www.zzup.cn)
地　　址	郑州市大学路 40 号(450052)
出 版 人	卢纪富
发行电话	0371-66966070
经　　销	全国新华书店
印　　刷	河南新华印刷集团有限公司
开　　本	890 mm×1 240 mm　1 / 32
总 印 张	65.625
总 字 数	1 440 千字
版　　次	2024 年 10 月第 1 版
印　　次	2024 年 10 月第 1 次印刷

书　　号	ISBN 978-7-5773-0368-0　总 定 价:198.00 元(共六册)

目 录

15

阿娉的诗

寒冬里的树

树全脱光了衣服

站在马路两边

它们是要去大干一场

它们憋足了劲

腿上皮肤崩裂

梢头已隐约伸出拳头

风如战鼓

那些谋生的人啊

还没有藏好

车辆在马路上疾驰

病毒比风还快

扯紧了一颗颗心

此刻，人和树一样

光身站在寒冬里

（选自《莽原》2023 年第 2 期）

看见春天

我看见了春天的绒毛
她的呼吸如同你的耳语
就在一瞬间，一块糖化在了心里

而残雪犹在
慢慢地消融在玉兰的根部
有一场暴动叫不动声色

笔尖上开花呢
春天的书写
将从玉兰的枝头着笔

昨日的水墨
在绒毛的笔下
在你纵情的舞蹈里
晕染成明天彩色的河流

我也必将成为其中的一朵

重新被点醒

开放成春天的样子

（选自《莽原》2023 年第 2 期）

只此青绿

跟随你，我折叠起所有的过往
丘壑只在心中
眼里唯存绿意
那太阳升起的地方

我的青绿腰也寄存在你那里
莲步轻移，慢探前程
那幽谷里必定有兰花
孤傲的香气在你坚硬的蓝里

那柔情啊
却是你高高突起的青
有没有让一个人泪流满面
那屏外的痴情相守

轻舟划过，江河仍在奔涌
我在原地，等了你千年

只有青绿

（选自《莽原》2023 年第 2 期）

艾川的诗

早春

屋后的雪迟迟不肯融化

甚至有些固执

为此，院子里的迎春花按捺不住了

我心里却暗暗惊喜：雪，你化得慢些

再慢些

迎春花，除了怒放，做不出别的傻事

我这样想的时候，树枝乱颤

原来一只鸟拎着我的心思

到山外鸣啭去了

我心事重重地站在院门前

轻轻拍打

一对锈蚀的门环

（选自《时代文学》2023 年第 2 期）

河流弯曲

世上有一种叫河流的事物

人们再熟悉不过

但河流从来就没有笔直过

或从来就没有认真地笔直过

一些人工河流徒有一架笔直的河床

其实它内心的涡流比想象的还要多

对于一条懒散的河流来说

笔直不过是一个严谨的虚名

一个形式主义者尚未打开的心结

而弯曲则涵盖了普通意义上的浪漫与传奇

给大大小小的船只

提供了更加翔实具体的可操作流程

与河流的弯曲不同，炊烟的弯曲

只是风的一种不同表述，岁月的一个不同版本
炊烟笔直的时候，大地宛如一个静止的陀螺

炊烟笔直的时候，人世处于陀螺的核心
一层雾霾裹着一轮春秋，拼命转动起来
但看上去是静止的，笔直和弯曲都是一门艺术

由于大地过于深沉和深邃
河流被迫日夜操练弯曲这门艺术
以应对岸上许多迫不及待要走直线过河的人

（选自《时代文学》2023 年第 2 期）

艾雨的诗

听隐者弄笛

席地而坐，在竹林深处
听风习习，掀起
长河的落寞

徵音中，似有鹤
抬头，展翅
停顿中，是双眸的凝视
穿破幽冥……
无碍的流动，是与万物的融通

这世界是我的
和谐、统一，如沐春风
这世界也是你的

我已化身笛上七个小孔

（选自《诗选刊》2023 年第 12 期）

一代人

光弯曲着……
天空，脏得像一块破抹布

我们被迫失忆，提前进入
化石

窒息中，会有一个裂口儿
扭曲的脸呈现
大地荒凉的衰变

［选自《大观》（东京文学）2023 年第 9 期］

白丢丢的诗

粉红之一

是阳历新年，我们在荻花山停下
阳光下一闪一闪的花粒
一寸一寸吹软云朵，渗入我们的发肤
那样轻，那样飘……
我们在不可靠的轻飘前，说出一些粉红的话
扔给我们搭建的天真。它使我们直立
你们知道怎么回事，你们从来不说
繁重的生活总得需要一点轻飘，勾兑掉
一堵墙，一个偏见

我们赤裸着的天真
或是天塌地陷，或是风破草惊

（选自《鹿鸣》2023 年第 10 期）

不具体的孤独

众口纷纭，65 ℃的饭桌众口纷纭
我是说：命运不同的人
把发烧当成了热爱，旋转起来
也把我一剖为二。出于礼节
一杯白水炼为 65 ℃白。当然
他们想当然就想当然
撑不住了，我可夺门而逃

——漫天的雪花被人喊得疲倦
孤独蠢蠢欲动，看上去会飞

（选自《鹿鸣》2023 年第 10 期）

薄暮的诗

岁月的姿势

每一封信都有可以邮达的地址
手机通讯录中，每一个名字
都有长满青草的河堤

我们长久沉默，似乎从未相识
冬天一年比一年来得早
一只手搂紧雪花

另一只手，扶着自己
躬身而行，并不是西风修改了
岁月的姿势。河水日渐倾斜

当我们掏出随身的钥匙，插入

未来的锁孔，多么好听的声音
又撕掉了一张船票

该怎样证明自己的航线，如果
从没认识你们。今天只有沉默
才能让长夜，显得又轻，又薄

（选自《诗刊》2023 年第 7 期）

我的冬天

先生，这个冬天一定会下雪
因为是我的冬天。不同于那年
你在江上，看山高月小

人世已过子夜，满地鼾声如雷
只有你我不睡。等什么呢
万里奔赴也到不了月球

承天寺看见的月光都是假的
像后人，一代代用各种方言
游历黄州惠州儋州，无人留下脚印

此心光明，只能温暖一扇窗户
在这个冬天，等一场月色一样的雪
不过是我们对又一张白纸的拒绝

（选自《诗刊》2023 年第 7 期）

曹辉的诗

紫藤树下

燕子折出立体的春天

树枝戴上了戒指，嫁与东风

牛筋草、狗尾巴草、莎莎草

像漫游者，从野火中归来

唱着：吹又生……

纳博科夫的蝴蝶，探索

如何提取泥土里的精华时

陷入旋涡

她在紫藤花瀑后的宫殿里

跳舞，像一朵紫色的梦幻

（选自《星火》2023 年第 4 期）

陈霖东的诗

天上的花市

天公将花摆放在花市
写上标签，注上名字
星星叫作满天星
夜间绽放，爱眨眼睛
云朵被称为百合花
有白红橙黄黑之分
雨，是透明的风铃草
雪，是载梦的蒲公英
霜花，只有种子
因它宜在人间的窗上生长
闪电是绚丽的紫藤
喜阴雨，花期不长
还有彩虹

那样的七色花难得一遇

你可以尝试许下心愿

也许它会像童话里那样

帮你一一实现

天上的花市热闹缤纷

天上的花只赠有缘人

[选自《作文》（小学 5~6 年级适用）2023 年第 12 期]

陈鑫的诗

中年

这江水急流的中年，让我惊恐于它奔流的速度
就像疾飞的翅膀拍打着骤雨的战栗

这个世界有无尽的未知性，我们终其一生
只是为了摆脱自己的荒诞和无知

我只是这个世界漂流的浮萍
我只捕捉内心暗香浮动般幽微的幻影

只是在岁月的轰鸣中，我已渐渐变得沉默寡言
就像柔软的事物里都藏着某种无比坚硬的质地

我爱回忆过去，姑且算作对未来的诠释

我多么像我自己的投影，却从未与自己重合

（选自《草堂》2023 年第 11 期）

答案

人生是一则巨大的寓言

一半是利刃，一半是深渊

我常常在明灭之中寻找答案

有时我与命运狭路相逢

有时我又与祝福相依相伴

或许只有在疼痛之间

才能显现内心的火焰

日光的恩赐、月光的静穆

让无边的广阔肃然起敬

返乡的路途隐喻迢遥

我纵浅薄，也要在方向迷失里

坚定地抵达真理

（选自《青年作家》2023 年第 1 期）

崔雪悦的诗

秋日记事

秋日降临在平原，村庄是它安静的果实

又一次，我们踏上这条路

路的尽头是老家，生锈的矮房

没有人住，它们近似于无

日子也是这样，越过越薄

已经单薄到一种轻，我们无法承受

母亲，这一切都在对称式发生

生与死，轻与重

日子就是这样，母亲

日子就是这样一页一页从日历本上飞走

我们已经习惯它们簌簌，从我们身上掉落

落在地上发不出一丝声响

但一切还好，洁白而空旷的云层下

我们依旧在给植物添水

它们构成我们充盈的四肢

而那座小屋，它自你的掌心亮起

那些有水的日子，屋檐下常有青苔生长

被风剥落的雨落在地上，我没有淋湿

你身上的雨声大了，我就穿越那片云

努力在镜中辨出另一个你，而你安静如秋

我们似乎在抵达一种沉默，母亲

你的双手合十，收拢，所有的幸与不幸

就在这一刻言说

（选自《青春》2023 年第 11 期）

党锐强的诗

一个不确定的傍晚

关于人的讨论，从未停歇

有人推测，人不过是文明延展所凭借的媒介

也有人坚信，世间万物皆有定数

好似植入的科学程式

不断重复固有的动作

众说纷纭

有人设想，浩瀚宇宙不过是一幅投影幕布

曾被量子理论专门佐证

日暮时分，我踽踽独行

却未曾有过目标

我越发不敢确认

今日之我是否还是从前之我

我不知道，前方等待者为何物

这昏黄时分藏匿了诸多不确定
认真研磨
借助于"薛定谔的猫"
不难发现，那暮色沉沉的傍晚
或许就本不存在

（选自《中国校园文学》2023 年 7 月上旬刊）

丁南强的诗

洛水曲

从舒缓到光滑，好似流过

神龟的面纱，远古的面具。

流走天庭的瓷器，白鹭的银锭，

风雨中的侯门，沉进河底的泥沙。

洛水把皇帝都流走了，只剩周山的老年斑。

秃顶的迷雾化装成导演，河边这些

根须扎进苦难岩层的野花野草，

犹如时间的难民。岸边几棵

孤零零的古槐，蹲成空间的囚徒。

杜衡、芝草兜售士大夫的身份。

水蛇的赐绳在河面一闪，变成一串钥匙，

打开往事的暗牢。洛水之上

每座桥都连通古今，横跨神秘与初吻。

化装后的宓妃、换上西装的曹植

依偎在宝马轿车后排，娥皇做司机，

飞驰的桥化为彩虹。虹桥两端，

摩天大楼竖起琼楼玉宇的广告牌，

天庭的电话号码拨打过去

是神仙的忙音。在桥头接听到

另一个源头的洛水在淤泥之上流，

以污秽为彼岸，用美不断沉淀、清零。

飞来的皇帝和白鹭

变成河边垂钓的老人和手捧洛书的美人。

美人拿出宓妃的镜子，

老人在镜中钓到江山的鱼尾纹。

一滴婀娜的泪从洛水

照见不存在之物的镜子走到岸上，

变成洛浦公园里的洛神雕像。

美人为洛神戴上月光的指甲，

从一曲到另一曲，把哭泣者眼里的每一个

旋涡都弹成悲悯的镜子，镜中悬挂泪水的圣像。

霓虹灯下，洛水里的琴弦

为桥上往来的生者和逝者弹出

宇宙最初的丝绸。

（选自《牡丹》2023 年 6 月上半月刊）

丁威的诗

我为什么不在小说里写自己的生活呢？

我为什么不在小说里写自己的生活呢？
写我父亲，写异乡一座弓背的桥
驮过多少众人到彼岸，到他没有一盏灯
亮起的家里，黑暗瓶中的游鱼。
写一辆自行车，也像一座驮过童年的桥，
为父亲驮来满身霜雪那样，
驮着如今骨头里挣扎着的力量，
再驮不动我了。我还能纵身一跃，
像月亮那样弹动着草茎上的露珠，
就是这样一座异乡的桥，
这样一个异乡饭后的夜晚，
黑暗中游鱼的沉默，也是一对父子的沉默，
月光那样长，灯光那样长，

他们的影子那样靠近，时间的车轮那样，

如出一辙。

（选自《星星》2023 年 12 月上旬刊）

父亲，这些年的父亲

黄昏时候，父亲在茫茫暮色里

他说，出去走走，看满大街的人流

自行车推出来，我就立刻想起了童年

夏季在上方撒一片火烧的卵石

汗从父亲的后背流成一条河

那时，我很小，轻飘似一朵云

还在车上唱歌，是夏季傍晚

草在路边晚风一样摇曳

父亲脊背宽广，胜过视野里任何湖泊

后来，远离父亲

成为异乡的骨头，缀满回家路途的

是年少轻狂、固执、胆怯、自以为是

许久不见父亲，每一眼似乎都在老去

屋檐遮不住雨，父亲

站在高处，做一把伞

硬撑着，成一棵树

坐上父亲的车，我早已成为一座山

爬不上坡，车子连同父亲

挣扎似的要散架、崩溃

我下来，在后面跑

我还年轻，追上他的车子

然后扔他好远，在灯影里

扭头笑他，笑这个老掉的父亲

笑这个再也撵不上岁月的父亲

笑这个身体臃肿身心俱疲的父亲

笑这个沉默不语日渐琐碎的父亲

我笑得那么厉害

父亲几乎都要跟着我笑了

以至于，什么时候笑哭了

我都不知道，父亲一样不知道

（选自《星星》2023 年 12 月上旬刊）

东伦的诗

云溪

晚唐的烟波里带着暗扣？
没人知道，干旱的山峰烘烤树冠的绿衣，
是不是一首赞美诗，
但不影响后来者的假设。

来到木质的八角楼内，穿长衫的许浑，
陷入远处的云溪和芦苇荡中。

突如其来的大雨退却后，
在傍晚的时候，几块火烧云，
浮在高层的楼顶；
还有一些，随着塔吊的长臂移动。

山雨相望？天际线，

落在一座连着一座的山峰上。

（选自《扬子江诗刊》2023 年第 1 期）

董进奎的诗

一只银狐曳了一下腰

一个孩童在草原上
练习盘旋的姿势，抖擞了一下翅膀

一只狐狸闻风而动，曳了一下腰身
正当日暮，尾巴轻佻，浮光掠影不见了

突然想起初恋的美人
从简的足迹糟蹋了大好的河山

锡林郭勒，我紧紧抓住了
一根草的羽翼，又一次迷眩

食指、拇指相捻，让太阳巡驾于指尖

不见最是想见

经历过箭伤，我也渐渐成长为一只狐精
常常用一根尾巴测试天下的风声

（选自《星星》2023 年 11 月上旬刊）

遗址

一抔轻尘压住了一世繁华

启封的蹄印，辙痕拥挤

来也定鼎门，去也定鼎门

驼铃生脆，牵绊于大街小巷，如织如网

不料却陷入命运的绳扣

承受碰撞的缄默，缄默的碰撞

那拱桥的青石似农夫用旧的脊梁

倔强地修复千年的弯月，审视一块

出土的筒瓦，流水不曾诉求琉璃的金黄

如今，几位童子骑马于复原的旧城墙

掠过隋唐的荣辱，扮作冲杀的将士

"我自横刀"嬉戏

风筝把春天提高到瓦蓝的古朴

团扇摇摆、自拍，把唐装丽人晃到了微醺

废墟之上油菜花怒放，嘤嘤嗡嗡
—嘴蜜饯凝有历史的沉香

（选自《延河》2023 年 11 月上半月刊）

董林的诗

新河图洛书
——"周虽旧邦，其命维新"

1

阳光在赤裸的脊背，
钻取燃烧的龟裂纹。

2

原上。台地。
深埋着帝王、将相，
蓬蒿中沉没的疯癫渔夫。
小麦在头顶哗哗地吹着。

3

河川里流淌

大块王朝、大块遗址、大块洞窟
流淌!
河图洛书、汉俑、三彩,
墓志铭、含嘉仓、伏羲台。
流淌的,还有强劲的钢铁,
机器的冗长诗篇!

4

高地上的太阳。
日出而作,日落而息的
金匠。
在河川里,挥舞
石器捶打黄土。
一孔孔窑洞
挂在邙岭之上,
曝晒鎏金的大网。
深处的眼瞳,藏匿了
后冰河世纪的洪水。

5

乞食之路和秦直道,
帝国的生命线。
剑柄上的胼胝,炙烤

九鼎的庄严。

一架云梯冲出潼关、函谷关、虎牢关。

青铜的武士，

马踏飞燕的驭手，

大步流星地追逐

机械的功能和速度。

巨臂的风车，

太阳盔甲的追风少年，

拧下太阳，装置在雕花的马鞍之上。

缓缓的旋翼，

挥剑砍下无头骑士之方颅，

向远去的河川，

做默默的祭祀。

6

孟津的农夫，

在古渡口卖瓜。

帝王的风度，

惊艳了黄金家族。

7

太阳烘焙，炉火正旺。

荻草、灰坑、月纹、红陶
挤压着，裹挟着，蜘蛛网状的电流
高炉、高速、高铁
顺流而下。

8

河川里，
泥土的千层饼上，几粒焦香的芝麻。

（选自《洛阳日报》2023 年 11 月 7 日）

杜鹏的诗

红色气球

在梦里，我回到了童年
在人民公园，我冲着家人闹着要气球，
我只要红色的。
因为我的手太小，太软
所以，每次给我买的气球都在我手里
有着极为短暂的停留。
后来，在我浪费了家人好几块钱之后，
我家人终于帮我把气球系在我的手上。
我高兴坏了，走到哪儿都带着它，
就连上厕所，我的红气球也都跟着我。
我爱我的红气球，以至于担心洗手的时候
会把手腕上系气球的那根
原本很细的线给洗断。

我宁愿自己的手脏一点，

也要让这气球在我身上系得更久些。

尽管如此，这只红色的气球

依然会慢慢地变小，最终

化为一团红色的橡胶，像是一摊血。

直到最后，我都没有勇气

去把那团橡胶，重新吹起来。

这就是那只红色气球给我上的一课：

无论是一场梦还是一条命，

都应如此，也必须如此。

（选自《汉诗》2023 年第 1 卷）

寓意

把所有的路牌
都设计成蓝底白字
是有寓意的

把万安街和兴荣街
交叉到一起
是有寓意的

把面包坊
开到羊肉汤馆的正对面
是有寓意的

这么多的寓意
全都集中在这一个小小的路口
有谁能想到，在三十年前
这里还都是一片片的麦地和水塘
这些已逝之物，它们的寓意

或许依旧埋在下面

我想，只要一有机会
它们一定会从地底下钻出来
钻进这些新建起来的寓意中间
面带笑容
发出声响

（选自《汉诗》2023 年第 1 卷）

杜思高的诗

病房楼里，蹲在墙角的农民工

像高空脚手架上滚落的螺丝钉
三个农民工蹲在三楼墙角，等候 B 超室开门
脸上痛苦的表情像被钢钳夹坏的螺母表层

中午，楼道寂静得吓人
电梯上下开合
他们像书页里歪倒的字符，被迅速打开、合上

这些螺丝钉
拧在高空或家庭框架的不同部位
升得越高，拉力就越大
现在，他们等候查出损伤部位
以便修复完整

没有人知道

一颗损伤的螺丝钉怎么想

他们散落在楼道墙角

我知道,不管是在家庭还是高空

拧在构架上,绝不能有丝毫的闪失

(选自《绿风》2023 年第 2 期)

青铜器，泛着岁月的光芒

没有什么能喊醒一件青铜，半梦半醒
铜鼎坚若城堡，酒器薄如蝉翼
盛放过一个朝代的繁荣，啜饮过河流般的琼浆玉液
铜镜花纹斑斓，对视过数不清的娇艳朱颜

每一件青铜都有一个故事
读懂它的人少之又少，尽管
那么多的人不惧山高水长来看它
阳春白雪冷凝了高山流水

在光阴里打坐，青铜会慢慢生锈
仿佛深秋依然碧着的竹叶上裹着浓霜

青铜里走动着人影，他们历经沧桑
在梦里交谈，小心翼翼
把尘世里无法说出的话交给黑夜

当黎明打开天窗，每一件青铜都欲言又止

青铜坚硬，内心柔软

它们掩藏眼泪，即使深陷痛苦

青铜流出的光芒

灼透历史，树荫样斑驳陆离

（选自《绿风》2023 年第 2 期）

杜涯的诗

雨中

安抚了众物之心，这六月的一场

连日烟雨，推开了无形的向外之门

水杉和千千踏草，相携去往远路

树丛在远处错列，预示着目极处的发生

细雨纷落时，轻愁普遍地升起

鸟禽带巢，畜类凭栏，都是远望

它们心中升起一个声音：啊，远方

细雨中涌动：万物胸中的惆怅、叹息、轻伤

河流，在雨中生出忧感，波及

两岸堤树的浓绿沉郁，若有人

在细雨中经过河流，他会听到

河流的忧伤低语：请把我带走

给人稳固感的是大地，即使一场雨
落下，即使万树在雨中独自轻荡复低垂
也不能改变它沉稳的心志，它犹在
深沉、和润中承载了烟雨数千万里

无声的雨，落在没有边界的世界上
在细雨中，在微光清闪的世界上
哪里有我们想要的山河、烟火？
哪里有我们想要去到的地方？

而仍然有那杳远可信的天际
在雨歇时的浓阴里向我们解释永恒
此间有谁深信：雨中没有少年万里愁
只有远方如深途，接向无穷和无际

（选自《诗刊》2023 年第 1 期）

永路

在对我闪烁。那条笔直宽广的路途
景象浓郁，在远方的极目处连接向云涛
常年里，只要我望去，它始终在那里
它等待我，犹如我等待某个约定的时刻

人世上，风雨交替，山水程程
谁人追寻，用尽了毕生光芒？
而今，沧海东流，时间已晚
人世和时光，已是如此之深，已如云

时常，我在世上逡巡，徘徊，钟情于忧伤
流年在我身边学光年飞逝，令我忧郁
而在不远处，一些不可见的事物隐隐闪现
那未知的、隐匿的世界，在对我闪光

多少次，我看到：远方沉默辽阔
落日在下午徐缓宏大地沉降
西边极目处，天空倾向深邃，我都在想：

孤独而寂静的心儿啊，何时回到永恒之乡？

徘徊在流转季的地面，冥想也如捕风
而云霞年年在天穹排布出辽阔阵势
繁星在顶：你的提醒如常。于是我知道：
浪迹一生的游子啊，必将回到永恒和无穷

我知道在天穹的深处，星系浩瀚、连绵
在星海迤逦间，我必须走的路将如时显现
明明灭灭，漫漫接续绵绵，总不离宏阔
行行重行行，我将用尽余生

而今，人世已深，时光已深如云春
我在地面徘徊，渐渐忧悒，生长出迟重
万物万事中曾有一个我，有我精神如风
山水万重，万里江山，一朝别去后忍住转身

而，我犹在热爱中走去苍远的云海
一程山水一程疼痛的行行
一程风雨赋向万里的未知
心儿万般向无际，总不绕过坚持和忧伤

（选自《诗刊》2023年第1期）

何去

万汇中有宁和缓慢的时间

多年来，这里的一切皆芬芳平安

但你为何总是离开，在永久地离去

秋天，已有无数条道路

时间之路深广

沿着哪一条，你会渐行渐远

云影、山影、树影，皆退到世界朦胧

远处乌云磅礴，成为天空背景

你要到哪里去

你前行，向上，前行

到达了人世的山口

天穹高耸——你能到哪里去？

而沿着这条落叶缤纷的路

你又能走到哪里——
天空尽头，大地尽头，在无尽处

又一次，落日向西滚去
一年年，它落在远空无际
你还在地上走着吗？

庞然的山水，是一程程的惆怅
你站在人世上
无暗。望着云天之外，望着光年

（选自《扬子江诗刊》2023 年第 4 期）

樊德林的诗

麦子

我说的麦子，已超出粮食的

范畴。它代表雪、药片和星空

雪是童年的瘦雪，一个饥饿的孩子

盯着人家的白馒头，咽下了

酸涩的口水。一场雪正好落入

他衣服的破洞。穿过破洞

可以抵达中年的手术室

医生的柳叶刀，切断了

麦子成熟的秩序。他一直喊饿

药片配合稀面汤，顺着他身体的

漏洞，带走了残存的光和热

面汤洒了一地。他脱掉病服

飞上星空，成为一颗被我们

命名为父亲的星辰

雪落麦田时，我们扔掉药片

深深地怀念，流星划过夜空的

瞬间，那明亮的一瞥

（选自《诗歌月刊》2023 年第 10 期）

范蓉的诗

消逝

黄昏像鸟羽，落得那么轻
它无意打扰谁
归来之人又将行囊打包
去梦里继续讨生活

你尚未启程
还在思考那句"我连尘埃都不是
我是个梦"
而时间在消逝，你没有意识到
自己在一层层剥落

在你身后
万物开始裂缝、崩塌、死去

一切都在推倒重来

明日即新生

（选自《现代青年》2023年第11期）

飞廉的诗

深夜，合肥站

深夜，绿皮火车停在合肥站，

来自平顶山的小男孩，

用哭声摇撼

昏热的车厢。二十年前，

深夜，合肥，他抛开《猎人笔记》，

走下火车——

他大口吞咽清凉的夜气，

他遥望远处茫然的灯火，

他活动着筋骨，仿佛在越狱。

年轻，紧张，

南朝和北朝在他体内激烈交兵，

隋朝遥远。

他愤怒火车迟迟不开，

他最怕遇见二十年后

庸冷的中年。

一闭上眼睛，他就看见满天繁星，

看见蜘蛛在他脸上织网。

（选自《星星》2023 年 2 月上旬刊）

1992 年秋天

20 世纪 90 年代，以那首风靡一时的

《潇洒走一回》开场，

随即，港台影视剧的枪声剑影

就笼罩了这颖河边的中原小城。

一到暮春，杨花封住

所有人家的门。寒冬腊月，北风

以范宽的雨点皴技法，

在孩子们脸上作画。

外祖父去世，乌鸦绝迹，

颖河的鱼集体逃亡，

捞沙子的船驱散繁星，

只有村南池塘的水因与世隔绝

保持着 20 世纪 80 年代的清澈。

1992 年秋天，

我考入城郊第四中学，

新月走上讲台，

为我照亮一幅《千里江山图》……

（选自《诗歌月刊》2023 年第 8 期）

冯晓华的诗

饼馍

饼馍长相是圆的
像黄月亮
可祖母说，月亮像饼馍

月亮挂在窑顶枣树上
那是村上的月亮
无须点灯，山村照得明晃晃

月亮像饼馍
我是啃着饼馍长高的
先尝的是黄澄澄的饼
后望的是明晃晃的月
将饼馍举到眼前

月与饼一般大，一般黄

饼馍是一种工艺
月下有荷莲
荷下有碧水
柳弓一走神
拉响了缠绵的古典村曲
和清纯丰腴的混合蛙歌

（选自《莽原》2023 年第 3 期）

付炜的诗

诗人的房间

纸页被揉皱，预示着他残忍地
取缔了一首诗。那关于形式的
关于阴影的一首诗，关于奇异的沉思
如何侵蚀此时此刻的一首诗
永远成谜了。不得不说
这或许是一首诗最好的归宿

他拉开窗，想要窥伺夜晚宁静的背部
卧室里荡漾的海，霎时，溢了出去
暮春因而饱食了他的沉默
因而摇落了蝴蝶之骨和所有
至高的暗影

那么，在写作台和书架之间的渊谷里

他究竟藏匿了些什么？

酩酊的春风还是蒙尘的聒噪

一阵敲门声，惊醒了

茶杯边沿的闪光，他无动于衷

他害怕被一扇突然打开的门认出

（选自《星火》2023 年第 3 期）

高春林的诗

晦涩

从这里望远，一抹燃烧云舞动着，
接近傍晚的山坡生出爱和情欲。
我是你的皓齿，是这时不远的高楼间
火光的翅膀——在我们的舌间飞过。
"火炬，我唯与它起舞。"①
——继续晦涩。谁会想到在寒冬，
是诗用她细碎的词改造着我们的容颜。

注：①勒内·夏尔语。

（选自《作家》2023 年第 1 期）

给明月的一封信

今夜，下弦牙月悬在薄凉的天边，
我正读东坡"明月清风我"，
一丝清凉，掠过身体里的 Apollo（阿波罗）。

一时间想到人过五十还有什么困惑？
一些过往不过是镜中的一轮月。
荻间雪在这个冬天一而再地
化为褪色的冷，以及冷峻的悲情。

你给我以清澈，我给出我的简史，
并继续简下去——简下纷乱的雪，
简下不对的人，简下虚妄的梦——
如梦人生，一路上，梦
在循着他的梦境不知通往哪里。

多数时候一个人的获救缘于
自我的清明，为了下一轮的呼吸——

过往的情感，尤其上了十年的情感

就再也不用放下，且行且珍惜吧，

即便山无言水无语地一个人

对着清风、孤月，又有什么关系呢？

紧要的，你顺其自然，时间给予

你的就是一个安然——甚至

与自然融合为一，你就有一个天空的

渺然。我一再说明明如月，

你懂，隐秘的爱治愈了我们的夜晚。

（选自《诗刊》2023 年第 10 期）

高金光的诗

最美的秋天

在中原腹地
一条乡间道路
几乎被玉米全部占领
几乎被侍弄玉米的农人全部占领
除了天空的高与蓝
视野里尽是玉米的景象

一堆一堆的玉米穗是金黄的
一席一席的玉米粒是金黄的
与农人脸上的肤色相一致
与接近傍晚时分太阳的光线相一致
与田野里玉米秆上的叶子相一致

我特别留意

那些还矗立在田野里的玉米

已经卸下果实的它们

像刚刚分娩的少妇

含着娇羞

误入这条道路

我走得非常小心

又走得非常开心

像在检阅玉米的阵容

像在接受秋天的馈赠

不由得记起小时候的豫南

也是这个时节

玉米穗挂在屋檐下

晾在乡场上

父亲眼眉间的笑容和灿烂

玉米是秋天的标配

世界上最美的秋天

在此刻,在中原,在河南

(选自《河南日报》2023 年 9 月 20 日)

黄河湿地

这辽阔的一片草野
这茫茫的一滩芦荡
这连绵忽闪忽闪的水塘
这不断起起落落的飞鸟
谁贴近就会呼吸舒畅
谁亲近就会眼睛清爽

黄河，母亲般柔情
环抱着、滋养着这方湿地

生态学家们，把它
比作大地的肾脏
多么贴切
难怪在这里
人会感受到健康和幸福

想象黄河一路走来

她该给沿岸馈赠多少肾脏

那是大地的肾脏

也是人民的肾脏啊

黄河不能断流

现在，从保护湿地开始

我们重新学习保护黄河

（选自《河南日报》2023 年 8 月 24 日）

高书全的诗

原野上的树

一户，一个村
无论独居还是群体
那鸟巢
都是最亮的路灯
天空
不离不弃分享蔚蓝的心情

风是最原始的方言
诉说着落寞和高远
黑暗久了
一抹翠绿就能点亮整个春天

一枚叫作乡愁的果实

宁肯干瘪也不愿发芽

孤零零站在枝头

盯着日渐衰老的乡村落泪

腰始终弯着好像在劳作

一身的风雨

已被阳光晒出叶片般的笑声

父老乡亲们走进原野

抱紧一棵棵庄稼

开出参天的花

（选自《躬耕》2023 年第 8 期）

耿永红的诗

潇湘馆

秋天富裕的雨水，渗入碧纱橱

自竹叶，一步一步迈落

船儿远，空载烟霭

渡头暗涌浑水浊流

霜风凄紧。一株绛珠瘦草抱紧双膝

沦陷于

又一次萎谢的轮回。凉风锁清秋——

大红灯笼流苏悠荡

窗外竹青碧逼人，窗棂上枝影扶疏

花的魂魄沿枝条婀娜而行

衣带翩飞

惊得秋虫屏住了呼吸

一笔一笔高山流水

要蘸满多少姑苏的柳影石桥

莺啼燕舞,才可写尽断肠人的情愫?

江南水于夜阑珊之际,漫过雕花木床

青林浅溪,茂草修竹

餐玫瑰露,私语花间

长空翱翔的美人风筝

摒弃前世,云端是乡愁的栖居地

(选自《星星》2023 年 3 月上旬刊)

骊歌

琉璃瓦的反光中，鸟儿斜欠着身子

疾掠而过

沁芳亭传出笛声，将明月之绝色

款款引出

招魂人在十字路口摆祭品

哭声一阵冷似一阵

提灯笼的人边走边喊——

小心火烛

她在西施榻上躺成一行清雅的隶书

阅读者迟迟未至

花瓣出嫁于春风

相思归省于芳踪

花锄上沾过桃花的血：据说那是一场

荒唐的梦魇

多年来构筑的雕梁画栋

华美碎片四下离散；透过薄脆的一张纸

听到蔷薇花墙轰然倒塌

手持团扇的仕女遁去……

（选自《星星》2023 年 3 月上旬刊）

耿占春的诗

夜颂

翻看了一晚上书，竟没有
一句话入心。概念，之外还是
概念，对词语的瞬时用法并不知情

微风吹过窗外的杂树，一阵清新感
解除了身躯的疲惫，风吹进了
身体？风吹过几棵木麻黄密集的针叶

如一阵细雨；棕榈干燥的阔叶
发出合金薄片轻轻刮擦的声响，像携带
风力的倾斜雨线，砸在雨搭上

当杂树的声音静止，词语响起

一首诗也渴望这样使用词语，仅仅运用
它的形状，体积，密度

产生的沙沙，滴答，嗡嗡
连续的或间断的，穿越的或萦绕的
像一种缓慢的唤醒

词语携带着未曾言说之物
如正在结结巴巴地翻译当地语言
闻所未闻的，从虚空中发出寂静的爆裂

（选自《大家》2023 年第 2 期）

遥远的夏天

遥远的夏天，瓜秧搭起的
凉棚，金黄的东南风

一只苍蝇。扇子，药瓶
咳嗽的母亲。寂静的血

遥远的，午后读书声
单调的复句，贫穷的音节

植物的气味，荆芥，天使的
气息，薄荷，葵花和血

母亲的咳嗽。遥远夏天的
童声合唱，献给速朽的神
远逝的河，碎石的急流
水草，伏下又卷起

一个孩子，坐在河湾

清凉的石块，模糊的悲伤

薄荷，荆芥清凉的

空气，葵花的盘已折断

遥远的阵雨，人世的秋风

吹过，夏天的血和雪

（选自《大家》2023 年第 2 期）

午后

此刻让我醒来的，是一种
久远的悲哀，徘徊于午后

一阵脱离肉身的呻吟
与细语，穿过阔叶与针叶

和幽闭的意识，高耸的
狐尾椰、木麻黄和灌木丛

仍然是松鼠、蜥蜴、白蚁
乌鸦和啄木鸟的世界

万物靠它们的简单无为
达成纷繁杂芜的和谐

这是亘古以来人们赞美的
世界，还是让人恐慌的

存在？我迟疑地，断定午后
唤醒我的，既不是可见的
也不是可闻的事物，而是
世界已消失的那一部分

（选自《大家》2023 年第 2 期）

海盈的诗

梦的入口

醒了。想再次入睡。

梦与非梦间，

是大而圆的木瓜片，杧果片

在铆封梦，却轻轻地

飘在梦与非梦的边界

最终起作用的

是弥漫的茉莉花香，把我

带入了混沌之境

（选自《湖南文学》2023 年第 8 期）

一片月光

暗夜，在地板上看到
一块白纸，我弯腰
捡拾，却是虚空

梦里，终于把一片光
捡起，在上面
写下：乡愁

（选自《湖南文学》2023 年第 8 期）

韩冰的诗

紫藤花开了

紫藤花开了

细密的阳光穿过藤蔓旁的长椅，安静极了

嘟嘟噜噜的花瓣全是张开的唇

小蜜蜂飞来飞去

一切正在发生，一切还将发生

（选自《躬耕》2023 年第 11 期）

何青蓝的诗

太阳落进我的怀里

八点零六分
394 路公交车准时停靠在海崖
这是一个明媚的清晨
太阳和蝉争相聒噪
私家车　电瓶车和压路机
凝固在红绿灯前　一贴贴纸
统一等待十秒　从电子面板撕掉

左窗剪辑着烧烤店　中医馆和汽车美容
右窗播放着质检院　财通中心和网红群
若我看向公交正前方　混杂的景幕
都在无声地背投运帧　镜像　跳跃

这个星期天是最平凡的一日

也是每一天的每一日

街景一成不变的身影　涌动的热情尽收

眼底和背包的暗物质　全在蓝牙的催化下

由两个氧原和一个碳原构成新元素

包子铺总被早起的鱼群堵截

收付款的声音

被鱼竿钓到写字楼两端

持续到共享单车　地铁　指纹锁

和电脑发出的声响

被用了无数次的

粘贴　复制和删除的快捷键

这是一个星期天的早晨

太阳落进我的怀里

此时　它不是炙烤大地的元凶

抑或后羿的箭下之物

而是炉之煤　移动之城

和碎片成团的群落

同把七月挤成五颜六色的微粒

（选自《青年文学家》2023 年 10 月上旬刊）

洪恩的诗

虫洞

俯下身，一种呓语无限放大

思维禁锢了空间

关于被忽略的事物，多么真实

又那么虚幻，生命在遗忘的缝隙挣扎

抑或快乐

停留在理解范畴之外的星河

理所当然地璀璨

我仿佛看见一只蝴蝶的幼虫

颤抖着舒展翅膀

微的光，轻的风，都具有煽动性

破茧成蝶或坐井观天

都是自然法度

——这轻得被遗忘的遗憾，是瑕疵

也是点睛之笔

（选自《都市》2023年第12期）

怀金的诗

云根研究

第一日，供桌上的黑苹果说
光被取走了。云家谱的流调显示，司空图
刚刚走下钟鼓楼，他的支付宝空空，无法
为钟声买单。钟在衔环、青铜钮，旧庐和别院。他司水
以及挺水植物的草图，而不掘地。

可田野调查，不可寻芸娘理论。中原
已不在槐树的中原。一处石隙，蚂蚁挑担
奔劳的长腿和绑腿，雨脚玲珑。难道
要去白马寺烧香，说说诗歌的金石味？

偶尔收藏的树根，也是大水冲下来的，已成朽木。
是槭树、椴木、栎树，还可以是垂柳，时间

在迅速褪去概念、命名和属性。无云可以牵挂，
无象可像。它通体发烫，语言已无法打开
来历不明的断面。

它返回山顶。梅花以及他走过的针孔，使天空
似乎被推开一点点。干打垒的土墙上，仙人掌
可怜的一点掌根，有了生机。刨冰取雪，
取酒中吟，并一根根拔下酒刺。

他们取墓土，制明器，也制藏于袖口的
抄手砚。我藏于手根，仿佛随时便行云流水。亦可饲虎。
银钩铁画的事，就戒了吧。洗衣妇的棒槌
也是熨衣的烙铁和烧火棍。当生活被碾轧成词汇，
在已经消失的中原，一朵云就不属于人类，
也不属于非人的你。

（选自《江南诗》2023 年第 2 期）

在东方红拖拉机厂

这是些拿捏住铁与火七寸的人，车工
钳工、电焊工，以物制物又随物赋形。他们
不是说空话的人，即使一句，也要锻造出
实锤。一块跑步的铁，在油压机下，很快
就变了个人，成为火的构件：折弯的火，或者
拉伸的火。词的所指和能指，有无限的
春光乍现的命名。此刻

你不再认为这是荒原之城。词语铿锵，防护手套
和机油斑驳的工装，每个工位都潜藏着
上帝。是的，是螺丝钉那固执的品性，我从而判断
诗歌和铸锻车间缠绵的咬合力，有了更加崇高的
含义。而语句就是生产线，拼接、组装，下一句
在无数履带拖运来的大海中。

动力换挡、无级变速和电控系统，词语开始
跳跃。你会注意到，旭日东升的微光，

在一张张青春的面庞上跃动，在一根根上班的
自行车轮辐上闪耀，铃声叮当。语言最核心的
一点红，需要延伸的想象，需要创造者，从最初的
斗笠、蓑衣和泥屐中，从铁锨、锄头和耙子中
书写出传说和神话。

如果说我不在钢铁中，必然在田野无所不至的
童话里。如果说我在，自然是建设的隐喻者，一处
胎骨的萌芽，用打鬼笔法。苏东坡说，探物之妙，
在于捕风捉影。一块集成的铁，一块飞翔的铁，
东方的一点红，相当于对幻象经验的征用，
耕耘出彩绘和星空。无疑

这星空在大地上，大地也在空中。有什么
是沉睡的，就有什么被翻开，乡愁的导航
一定有羚羊挂角。有什么是沉重的，就一定
有解放牌月亮、那通神的一笔……
智能物联。我们相互指认出牛和铁牛，
这农耕时代最柔软的密码：拖拉机
变身为禾本科的宇宙。

（选自《江南诗》2023 年第 2 期）

黄小培的诗

从午睡中醒来

从午睡中醒来

身体像是刚从空气中

分离出来的云朵

这世上的一切

像风一样吹拂过我

我的窗外是香樟树的夏天

它的茂盛释放出天空的湛蓝

在远处,应该有一座山

它还没有从梦中睡醒

压着北斗星和我的坏脾气

阳光播洒在空气里

发出清脆的响声

恼人的飞絮时而伴着花香飘来

燕子在低飞，蜗牛在奔驰

蚂蚁成群结队阔步在大道上

世界在这些小小的躯体里

活出了浩瀚的热爱

在无用中，活出了持久的耐心

仿佛走完了很远很远的路

从荒漠到大海

从烈日当空到满天星辰

终于来到了此刻

在一个刚刚开启的世界上

在一瞬间，激活的鸟鸣、青草

流水和钟声……

汇成短短的一生

（选自《诗潮》2023 年第 10 期）

一个完美的周末

把该洗的衣物找出来

一件一件地分开洗

然后挂在阳光里

该做的事，一项一项地去做

推送它们滑向各自的轨道

每一样事物都需要足够的时间

和耐心

才能成为它该有的样子

如果此刻正好有微风吹动落叶

丝状的云正好飘到窗口

些许的浮尘将现实的颗粒感

提升到最佳的状态

这个时候该出去走走

到一些不远不近的地方去

看看灰土雀的自由和快乐的小河

或许还会遇见几只笨拙的蜗牛

驮着沉甸甸的信件

奔走在去年的脚印里

它们都在奔赴远大的前程

我是它们短暂的神

越活越残缺的泥菩萨

直至落日西沉，群山在余晖里

现出中年的秃顶

一切都不那么重要了

时间在我们之间消磨着浪费掉

才有意义，越是物质的东西

越需要在浪费中

填充它非物质的灵魂

（选自《诗潮》2023 年第 10 期）

黄晓辉的诗

驯鹿群渡过海峡……

驯鹿群渡过海峡，
回到白雪覆盖的陆地。
它们猛烈抖动身体，
仿佛甩掉的不仅仅是
冰冷的水珠，
还有整个的海。

荒野缓缓铺展，
适合在上面写一首长诗。
而鹿群只顾低头刨雪，
寻觅着苔藓和地衣。
诗在这一刻已然存在！
它是生命的奔涌，

而绝非一些呆头呆脑的词。

（选自《当代人》2023 年第 11 期）

在密集的雨线中……

在密集的雨线中，

翻飞的燕子，

演奏着黑色的乐章。

山本耀司说，

黑色是一切颜色的尽头。

我喜欢这样的说法，

就像现在，

黑色如此明亮，

令人无法辩驳。

(选自《当代人》2023 年第 11 期)

简单的诗

荆紫关怀古

路在延伸……
脱漆的柱子、破败的挑檐
以及拥挤的街道在扭曲。

天空，收拢着白云在倒放。
那熙攘的人群中，草桥关，
是谁唤出了你的乳名？

蜿蜒于丹江口，有多少船只
从此路过，就有多少个马蹄
踏碎了北上的梦……

时光无语，唯有电瓶车前行，

阴影中，有座桥

恍惚中记得，有人在此饮过马。

（选自《十月》2023 年第 6 期）

江北川的诗

驻目之间

几缕青烟泛过，湖面更加平静
我们抬起釉色杯。对话间略显老成
像时间迟暮里的归来人

很长一段时间，我们并不说话
面前的桌子是不可逾越的峡谷
幽深，狭窄。回声来自心底的深处

我的脸庞是釉色的，对面推过茶盏的手
也是釉色的。我们不曾在尘埃里低头
却害怕抬头时的一见千年

触目之间，也想像划破漆黑夜空的

111

两颗流星。一次遇见就能照亮彼此

也曾悄悄追索你的目光，像鸟儿

逾冬的最后一次觅食

初遇是沸水煮起的心动

落在碗里成为最终的平静

把几杯浓茶喝到淡，然后我们丢下

棋子——在一个棋盘里缴械投降

（选自《诗刊》2023 年第 16 期）

蒋戈天的诗

秋拾

涉过瘦条条的河水。秋凉如蛇

蠕动细细的涟漪

时光怀里，大山手持密钥

腰间环佩叮当

那些幸福、辛酸的果子

闪烁少女般的眼眸，逐一被拾起

诚恳的根须深埋大地

幻想的枝叶昂首云端

当叩问岩石，暮晚的云朵送来几声

露水一般的回答

手握善良，摇响风笛

揪住时光的马尾辫儿

荡一荡秋千，交出一份金质的爱恋

逐渐沉积的灰暗以及金黄

涂染了那一面旗帜

河流陷落的城池，清高，沉寂

远去的马蹄，终要踏破路口的尘烟

看秋，泪眼蒙眬

转瞬之际，落叶竟将我们紧紧覆盖

（选自《诗选刊》2023 年第 8 期）

津生木措的诗

扑蝶记

花坛上方，一只蝴蝶的到来是
谁也挡不住的审美暗示
蝴蝶在这个下午，应该优雅飞舞
或者退回到乱草的籽粒中

我们这些生育了好多子女的人
现在应该生育一堆青草
即便荒芜，草籽深深的喉咙也能
把蝴蝶的理想主义吃进去
在这个时代，理想主义给我们的是
稀少，单薄，孤寂
草籽空着的喉咙，多么有用

此刻，蝴蝶的理想主义附着于翅膀上

我们守着这看得见的趣味怎么办

而花坛让出了剩余的时间

供我们俯身一扑

也难免空劳芳心失败而归

如果蝴蝶的停留只是一瞬

那么我们的俯身一扑，离蝴蝶会有多远

（选自《星火》2023 年第 3 期）

蓝蓝的诗

此时此地

一棵小叶杨能否理解一个
此处的人？一片槐树林能否理解
一座此处的城？

你哭泣的时候，比我大。
你在风中抖动叶子大笑时，比我多。

你在阳光和雨水中说着不同的话，
你缺少一种语言描述此处的生活。

一面风幡不能裹住冻在冰里的人。
所有活着的花都无法挨近他们。

一扇新窗户不能。一台旧电脑不能。

一盏彻夜亮着的台灯也不能。

（选自《诗歌月刊》2023 年第 10 期）

那时

还好，你从你的手中退走了。
你从你泄密的目光里隐去了。

总之，你已不在。现在你是一些词语，
是几本书，一部冒烟的诗集。

我曾是你手里躺着的星星和果子？
你目光里九月的山林？

现在，我是沉默的影子在行人脚下，
是沉默的伤口，不流血也不结痂。

当我想死的时候，我就会在
厚厚的鞋底重生，像被踩断的蚯蚓。

因为你手掌边缘就是地平线，我的脸
曾贴近它的惊颤：我歌唱它灾祸的真实。

我的双唇就在那时从下巴上
生长出来。我的脸也是。

但总之，你已不在。下雨时我想。
天晴时我想。你是一阵风在北面，在南面。

为你我撕裂过峡谷，溪水流过我们的额头，
石头如何打开自己，我就是那个模样。

再没有什么礼物可以赠送给你——
棉花和枣花都在开。一贫如洗的我。

我已年过半百，住在北京远郊，
和孤独躺在一起：
被你手心遗忘的一小片阴影里。

（选自《诗歌月刊》2023 年第 10 期）

语言是你的疆土

语言才是你的疆土。

早晨的空气，自行车旁
紫丁香的芬芳也是。

花苞对你问好，你答之以诗。
阳光下，你与微风交谈了一小会儿。

在城郊，你摘下口罩，
向尚未抽穗的一株麦子
表达你的爱情。

这里没有凸透镜。柳树
和槐树、荠菜都很聪明。

珠颈斑鸠庄严地飞过树林，
黑喜鹊背着手踱步——

它们不会像人类那样发疯。

野草在春天再次萌芽；
燕子从远方归来，信守古老的诺言。

从未见红蓼向蒲公英发起围攻，
紫薇也不会朝松树下跪。

你自言自语，向大地喃喃倾诉
不害臊的情话——只有这时

你才拥有明晰的边界、主权和主语：
"我爱你"，以及——

"我属于你"。

（选自《诗歌月刊》2023 年第 10 期）

蓝无涯的诗

望乡

今夜，我病了

在异乡寓居的楼台，瘦如秋风

就着那一盏千年不熄的月色

聆听江声、雨声和来自哪座寺庵的梵唱

一声，两声，千万声

声声都打在心上

打在我心上那个叫作芳兰的小村庄

风吹老了故乡

风吹老了月下绵延高耸的山梁

风吹得一颗心空空荡荡

门前屋后，对窗独语的

可还是娘旧时的模样

我真的是病了，无可救药
抓一把故乡的云
当作一生的口粮

（选自《上海诗人》2023 年第 6 期）

老影子的诗

盛夏辞

盛满雨水的黄昏，孤独的池塘

在时间之外满含内心的荒凉

喧嚣被围剿的东岸

夕照毫不吝惜。磷光。云影

金黄。迷离的深沉之下

一切平静像在拒绝梦的开始

涟漪试图划动一片叶子，顺着秋天的脉络

逃离一棵树不舍的束缚

你只是独坐在岸边无动于衷

傍晚的雾气藏起远山

看不见身影的鸟鸣一唱一和

你所喜欢的时辰。或逃逸，或重叠，不尽如人意

树梢摇下一些晚风

唯独不愿放下那枚落日

天空一贫如洗

或许已经有某种事情发生

我们互不妥协，只被薄暮轻轻包围

（选自《诗选刊》2023 年第 10 期）

雷黑子的诗

正月十五，村里所有的人都去了坟地上灯

父亲点着了灯笼。风吹灭

再点着，风再吹灭

如此不断重复着仇人和亲人的谜面

涂抹着灵魂深处的应答

更早一些时候

有只鸽子在坟头故意啄羽

小脑袋倔强一摇，麦苗返青

再倔强一摇，麦苗还是青的

当时也没有什么征兆

母亲就把我交给了灯谜

父亲猜了一生，命运还没开始

（选自《诗刊》2023 年第 8 期）

李庆华的诗

在云泥之间

云之上是白鹭，泥之下是白鹭的梦

在云泥之间，油菜花举案齐眉

池塘怀抱莲花的经书

蒲公英是信使，他会在半路

将信件交给闪电。顺便取回

白雪刀锋般的回复

河流向东。大雁向北。梨花向下

而我就坐在一棵香樟树下，饮今年的新茶

我知道，一壶茶泡了三遍

就该聆听天空的旨意了

（选自《牡丹》2023 年 6 月上半月刊）

一根钉子进入木头

一根钉子举着火把
要找到木头里的寂寞
一根钉子不是盲目的
它懂得木头的穴位

然后，被拥挤。被侵蚀。被消解
成为木头的一部分

（选自《牡丹》2023 年 6 月上半月刊）

水落石出

其实，它早就在那海滩上
只是我们视而不见
当海水涌上来，我们更是难以发现
只有海鸥片片，雪花一样

当海水退去那么一点，不多也不少
刚刚露出石头光光的或斑驳的前额
或许是它的深呼吸
或许是它迎着太阳的粲然一笑
引起我们的注目

海水全部退去后，海滩上一片狼藉
那石头，我真的无法辨出

（选自《牡丹》2023 年 6 月上半月刊）

李天奇的诗

青山

入山砍柴的那些年，我跟在
父亲身后，像他曾跟着祖父那样
用户撒刀，与朽木对决

候鸟将徙于南冥，山色中
我们的文字，成为桃花和沉默的竹
风在林间游荡，草木尽处，湖泊
渐成我们语言背后的诗

传承，一株草在黄昏的悲哀，理解
一支短笛与斧声的和鸣，那时我们如
山林的野兽，在人间的谷中哀鸣

（选自《诗刊》2023 年第 12 期）

坟茔

所谓坟茔，不过是一抔土堆成的碑

人们在其上刻满文字，企图与时间的风沙

多些较劲的机会

尽管，所有人都知道

这些是徒劳者的工作，但没有人质疑

像一种暗藏于世界法则的成规

值得所有人去执行

一种关于死亡的密谋

它伟大得，会激起亲人的热泪。它渺小得

像至亲会醒来的谎言，这种谎言我儿时听过

后来我又把它讲给新的小孩听。好似

这种深植于人类悲伤的文化仪式，除拥有

死亡以外，还有些其他的意义

姑且把它叫作：

在世者和逝去者跨越土地的密谋

（选自《南方文学》2023 年第 6 期）

李毅的诗

草木之心

我从你身旁经过，你对我产生了怜悯
接着，我开始找
北风里丢失的帽子，大雪中掩埋的亡人
我的影子
紧跟着也丢失了。现在我一无所有
可是那场雪还在下
慢悠悠飘下来的，是一张张熟悉而又陌生的脸
我不敢看
一层压着一层，直到厚实无比
这回，我连我的脚印都丢了
我一个人
扎在雪中，像一个活靶子

（选自《牡丹》2023 年 9 月上半月刊）

梁小静的诗

晨起看雪

雪还在浮动，天色不会更亮了

远处和高处没被踩到的积雪，反射出白色的晶光

车窗、垃圾箱和石凳上覆满厚厚的雪粒

我忍不住拂擦，雪看上去没有那样轻软

从幽深的天空飘坠，隐入深暗、寂静的土壤

固态的雪花暂时停留，我遗憾自己不能

一直游荡街上，领会它全部的神秘

洁白的雪线断续垂落，舒缓又浓密

栾树斜出的枝条滚上立体、醒目的边

在绿挺的松针间，雪堆出小而厚的房子

薄薄的竹叶覆盖着轻盈的雪

雪落在我头顶，我和喜爱的植物同样负重

它们的晶莹与喜悦涌出枝条伸向我

尾气和车轮的喧嚣溶蚀着雪

在十字路口，我走得快了

那个地方我不止一次去过

街市和小区围着它，一片湖水和湖边林地

穿过这个小区（这里也堆满了雪），我就能望见

雪和静谧交叠覆盖着它，留下起伏的白丘

和连绵的白，甚至连湖面也看不见了

（选自《诗歌月刊》2023 年第 4 期）

道路

我们的步伐，不时地，在和看不到的命运搏斗。
我们一无所知，对那滚动在步履中的秘密。
甚至是它们之间的搏斗，我们也没有意识到。
我们只是走得很慢，常常感到疲惫。

我们为秘密争吵，却看不到秘密，
更多时候，甚至不知道它存在。
我们仅仅是，狼狈地被它绊倒，
又不知所以地爬起，往前走。

某一刻，我感到我的心被抓住，又被松开。
我想起了什么，又什么也记不起来。
我知道不存在"没有"，而我说不出"有"：
这是我唯一能清醒说出的。

这中间是漫长的自我捕捉，心灵的猎场
忽隐忽现。"稍纵即逝"是绝对的理性。

当我稍显僵硬，猎场便消失了。它永不
再现。重新出现的，是新的差异。

它抛洒裂隙、新音与转折，它的声息依靠
缺损，仿佛出自某种意志。而我直入秘境，
前行、衔接，为诗行试音。直到我被乐曲奏完，
直到诗节整齐，缓慢释放心灵。

（选自《诗歌月刊》2023 年第 4 期）

幽飞记

1

当我优盘的心，输入幽微的半空，

双鱼座的崇高指纹，将我的幻象与分身，

投影在大地的音箱。螺丝刀，

它灵机一动，我被拧入忙碌箱。

2

我摸索着玩偶，布置你的游戏。

自幽空旋下，蛾蚋如大圣，耳授定身术。

"谁呕心吐胆，往你的背上钉钉？"

我听到我抢答的声音。

3

当我变身葡萄，我被奶奶摘吃。

透过肚腹，我看见她赋形的庄严一天。

雨虹在山岭喷拱，孕育生机。

她的心动了，像赤脚医生一样。

4

在淘气堡，我们携手钻入隧道滑梯，
如愿滑下。我们和按钮、扳手，
和一个美丽的对影，三人断电似的断开。
梦中，孙悟空指着我说"变"。

5

如何把我们派进自己的腧穴，
那儿是否有栖息地？
你，我的小居民，让我
化身户籍、化身地方的那个。

6

奶奶终于把齐天大圣想通了，那一刻，
苦尽甘来。她丘壑寻来的药方，胸中
翻出一页页苦涩和畅快。梦非梦，
孙悟空从垂直之境款款飞来。

7

一个词语，它进出过多少句子？
上午，我们给一个词——"她"打地基。

纸隆起句子的建筑，沧海桑田着。

我们转换视角，锻炼它的荣枯。

8

一株凤仙使我们分神。

我们书写，是皮下电场发作。

蚊子圈在蚊帐，咬我们一夜。

我们不断合成，新闻说，未来人基因里有塑料。

（选自《诗歌月刊》2023 年第 4 期）

量山的诗

在两座桥上

我们从村西到村东，在两座桥上驻足。

说是桥，其实是青石条简易地搭在那儿。

凝望着它在浅水滩的凹痕，

也会被新生的鬼圪针绊倒，

随之婴儿的哭声，被丢弃在小庙沟里。

此时，我们陷入不同的回忆：

尿罐里的表姐一身怪异的胎毛；

姨娘头上披着荒草，眼睛里倒映着湖水的迷茫。

你的叙述被邻近猪场的排水声打断，

是的，就连泥土也包含着毒素。

从来没有对土地忏悔过，

只有石碑，雕刻类同的好人，

还有他们做的好事。

至于石头上插图的牡丹，

每到四月的子时就会重新活过来，

惊动地下的人。

（选自《牡丹》2023 年 6 月上半月刊）

静寂

河槽蓄满了水，有人翻过护栏。

我的眼睛多了一层氤氲的水汽——

我们曾在裸露的河床捡石头，打磨月亮的杯盏。

也曾在温良的夜晚，悲伤地吹着芦管。

一切危险都来自未知的将来，

比如昨天的暴雪和习惯的对抗。

此时，在你的故居，

红叶李的枝条伸向澄澈的诗篇。

没有人和鸥鸟争抢话筒，

也没有人在逐渐到来的黑暗中阻止群星的亮光。

其中，徐玉诺的旧蓝布长衫尤为显眼，

那么静寂，我们坐在落地窗前。

（选自《牡丹》2023 年 6 月上半月刊）

陆静的诗

鸽子花

一棵树　怀抱鸽群

在六道轮回里

静坐成佛

用有形和无形为长天造像

用绿蓝白为天地上彩

把混沌和鸿蒙

坐成福祉蓊郁葱茏

至于庄稼语粟　牛羊撒欢

鸟鸣叫醒长堤短湖

后来的宏大叙事

都交于人间四季

——铺排

不盼春风　自己就是春风

不祈祷光明　自己就是光明

至于乌云　电闪雷鸣

你只管达摩合掌

你只管鸽子跃动

只管古老年轻

蚂蚁和流萤在你身上

蜜蜂和蝴蝶在你身上

怀抱惊涛却原地不动

岁月是你失散的文字

你只掬谷底的泉

漂洗崖顶的云

为群山写雪

为飞起来的翅膀写梦

（选自《椰城》2023 年第 7 期）

马万里的诗

白鹭飞来

像一道闪电

又像一句

忽然而至的告白

白鹭

在马坊泉上空飞

这高于尘世的云朵

刷新我们的仰望

一只白鹭等同于

晚霞　蜜糖和铺展开的稻田

等同于河流　村落

和越走越远的乡愁

一群白鹭让村庄亮了一下

又亮了一下

自此村庄换了容颜

(选自《星星》2023 年 7 月上旬刊)

荒芜的院落

细雨的心事
墙角边的牵牛花或许懂得
一抹靛蓝色的言语
在浅吟低唱
丝瓜和篱笆之间有没有爱情
并不重要
只要能够厮守一个季节
便了无遗憾

那一树的枣花落了
如旧时的雨
依然纷纷扬扬飘落在童年
母亲还是年轻时的样子
我看见她的微笑
随着枣花飘落在梦里

院里的大枣红时

父亲说,不能用竹竿去打

要不明年就长疯了

借一瓶老汾酒

想起那些陈年旧事

忽然谁喊了我的小名

这一喊

染绿我的大半生

另一半留给风

（选自《诗选刊》2023 年第 3 期）

孟宪科的诗

秋分

这一天阳光均匀散落，映射轻盈的身体

在赤道线上，太阳高悬于头顶

我们把剥落的影子收缩进脚底

阳光和我都不再偏袒身体的任一面

在一面镜子里，南北两侧在耕种和播种

田野对立，岁月的弧度在腰背相向敬礼

这一天风筝不会断线，无须风和日丽

在原野上，秋风吹动麦穗和我

我们相互感慨已彼此扶持多年

风雨和我都开始温顺于田野——共同的家

在一块画板上，惯常的景物开始作画

风筝和线，我们被拉得很远

（选自《诗刊》2023 年第 12 期）

光影叙事

马路边的杨树，我们把自己抛向一个

从冬天驻留到春天的鸟巢

那些驶过的列车就这样在里面晃啊晃

杂乱的心绪就这样被一点点抖搂出来

地平线上，我们无法弯曲自己的身体

这小小的弧度延伸至一片海

那些你思念的和避而不见的事物，就这样

一片片起伏成我们衰老的褶皱

我们去看望老人，清扫庭院

他讲起年轻时他和父亲挥手

那时的火车尚且年轻，可以追赶上

迷失的亲情和爱意，思念奔波于两地

他说年轻时他们也曾去看望老人

那些古老的谈论变得更为古老

他说那些赶脚的人，难免错过一些东西

那时售卖烤红薯的人，就是在售卖自己的一生

鲜花开满山路两旁，那些难以描述的事情啊

就像迷路者最后开辟新的家园

那些素不相识的人从我们身边经过

微小的印象，比模糊更让人难以看得清楚

（选自《诗刊》2023 年第 12 期）

纳兰的诗

想给你写一首诗

当我这样想的时候

成为一个诗人的愿望就大过了成为批评家

它意味着主体性向感觉的逻辑

投降。

想展示内心：涟漪，微风，芦苇

它应该是一本缀满繁星的词典

一本类似于《本草纲目》的药典

想拥有博尔赫斯般修辞的手艺

对你说出的

每一个词都该有医治

偏头疼的功效

就像你赠予我的灵芝。

155

想喋喋着对你说很多话

即便会暴露思想和语言的贫乏

即便一片青草地尚未

返青。

想有一个使用象征交换的海域

想和你建构一种具有稳定性的象征关联：

就像一个银杯盛满了雪。

（选自《诗林》2023 年第 5 期）

属于

在此，我接受月光的启示
靠近明亮的事物
我沉默，用凿子在一枚词语的内部
开凿诗学的空间。

我还是我，像风一样
关闭耳朵，拒绝小径和花园里的
回声。
我有片刻的澄明
似乎从力比多经济学的消费逻辑中逃离。
在此。我从所有我爱过的事物中
寻找你的痕迹。

在话语里的，你的过往
在话语里的，你的一颗心
在话语和话语的纠缠中
一种不确定性和歧义

就像诗。

（选自《诗林》2023 年第 5 期）

牛冲的诗

登嵩山

这些鸟鸣、清泉及花间虫兽，

从早晨开始从石后踊跃。

来不及修辞已高耸入云。

此刻正当远行，忘却镜花水月。

热爱一草一木，虚怀若谷。

如若于观内饮酒纵乐，

理应与白云高山流水，

若鸟鸣不是句号，

修辞理应比卢崖更长。

那因生活而生的疲惫，

焦躁，因行走而生的不安，

都因秋风而落满积叶，所有的

挨冻、受困、痛苦、眼泪，

甚至因爱而生的恨，

因厌倦而迷茫的心，

都因静寂的风而显得微不足道。

（选自《郑州日报》2023 年 9 月 3 日）

彭进的诗

古董在高处

——写给河南博物院

欲言又止的生活

在秋风中继续

只是，许许多多的旧物

早已不是初到世界的模样

它们内心丰盈

充满了斑驳、经历、欢愉和悲伤

一件件古董

端坐在展览馆的显著位置

打量渺小无知的世人

正对着自己大惊小怪，大放厥词

江河的激流

在它们身上留下了深深浅浅的印痕

如同我们历经过的

一次次痛彻心扉、欣喜若狂

我既往的日子

由欣喜、悲伤、真诚、谎言

以及词语、标点组成

未来，或许也必将如此

许多年以后，我已不再纠结

体内的尘埃和甘露

远处　一只垂老的苍鹰

在岩石丛林中寻觅故乡

（选自《郑州日报》2023 年 9 月 25 日）

萍子的诗

嵩门待月

门
早已经打开
那一轮明月
会如期来临吗

等待
是一幅世代相传的山水
是一抹会心的微笑
是一缕透彻云天的乐音
是一场悠然千载的清梦

一千九百多年前的一个夜晚
一位中国皇帝做了一个金色的梦

由此，两位西域高僧远道而来

万古嵩岳响起新鲜的梵唱

晨钟暮鼓，四海扬名

月出于东山之上

月出于嵩门之中

银辉洒地，山色空明

溪流参禅，银杏入定

有人寂然面壁

有人伫立雪中

这难得的缘，难见的景

不可说，不可求，不可错过

多少人，守候多少年

佳期如梦，如幻

又有几人能把心擦拭得净如明镜

今夜，且留下来

不忍归

不思归

不须归

燃一炷心香

面东而坐

面南而坐

面西而坐

月已临

心无尘埃

只有无边的喜悦

映着色

映着空

（选自《河南日报》2023 年 9 月 20 日）

乔光伟的诗

读物辞

暂且不回避教育学。这是临渊之危
和黑夜到来前的一次机会

双向是次要的。上午有风
且越来越大
但翻动厚厚册页的手指不是它
而是鸟鸣。左或右
向下或者向上

这当然得益于夏日
万物自带独异的风景

活着需要很多。而最为关键的

可能仅仅只是一种

不论是否合宜，风都会继续吹

读读吧

光来自看不见的地方

比如那么多看不见的文字

你最大的责任就是

做一名好观众

（选自《星星》2023年2月上旬刊）

秋若尘的诗

第一首诗

现在，我们回过头来，再也找不到进入丛林的路径
也许它根本不存在
是幻觉误导了我们
时间到这里已经失去了意义
它彻底失去了意义
而我们呢
眼下貌似只有一种声音，才能将我们唤醒
失乐园里
人类被重新分配了智慧
新年的钟声就要敲响
我不指望你听得多么清晰
再清晰也和我们无关

（选自《诗潮》2023 年第 6 期）

星期四是个谎言

而后我们来到这里，椅子照旧暗淡无光

桌面上铺着灰尘

这一次，它的颜色略有改变，像是金子和灰尘的

混合物

我眯着眼观察了很久

深冬到来

万物保持着沉默

彼此间的秘密不再等量交换

我的身体，开始出现斑驳的花纹，耳朵只能

听到一米之内的声音

我去不了远方

也不想认识新朋友

少年人的毛躁之症，在我这里愈演愈烈，但

我的少年

早已被时间吞噬

灰暗的林中

色彩被剥离

同这一天一模一样

我在窗前，等待着时间的流逝

这是唯一不会被辜负的

（选自《诗潮》2023 年第 6 期）

泉声的诗

在东坡

你在弯道上像一根针，

再一次缝补这风景的百衲衣。

草叶上恍惚着小雨珠，

酸枣树间的黄米粒，我随手摘下

旱树上的果。一群轻移的人，

如一盘白方即将输了的棋。

寻思狗叫，从独院里跑出来的

两个少年，果然是

那时的儿童。

张望着雨雾深处，我曾经

是哪一团浓绿里的
"知了"？我们误以为不熟悉的鸟鸣

继续着软化多好。
就像你站在向日葵中间

寻找云层外的太阳。
而我低头看见，你黑皮鞋的鞋尖上

开着并蒂的泥花。

（选自《星星》2023 年 5 月上旬刊）

风中写生

一笔又一笔
勾勒、铺底、着色
层次渐渐清晰
比照现实，你听从自己的取舍

远山左移，大约五厘米
飞来飞去的喜鹊，难以捕捉
只有点出白杨树上的窝

意外洒落的墨点
造就了一处沟壑，这也成为
唯一精彩的败笔

两条虚线延伸，左右空白
能否全部种上油菜？因为我看到
你调好的黄绿色
还有剩余

加一棵柿树吧

好像另一棵，在斜坡那儿

也感觉孤单

你的画里，不见一丝风

但我知道，你已经把不少的未知

深掩其中

（选自《诗选刊》2023 年第 12 期）

桑地的诗

红围巾

从出租屋出来
夜已深了。城郊的麦田
积满了雪，皑皑的
像我们刚刚经历的
短暂的迷失
我们一前一后地走着
有时踩在冰碴上
有时踩着沉默的麦苗
脚下发出咯吱咯吱
或哗啦哗啦的声响
在这段并不陌生的路上
我们却不知道要去哪里
要走到什么时候

天地间弥漫着斑驳的寒意

多像许多年后我的心情

那些年，因为年轻

我们不懂珍惜

因为无知我们又一次错过

那晚，你说过什么我已忘了

后来没有再见也不再记起

只记得雪

记得昏暗中你的红围巾

淡淡地，若有似无地飘

（选自《诗刊》2023 年第 14 期）

夜鸟

夜晚，在湖边散步
听到高高的白杨树上
有一只鸟在叫。我看不清它的轮廓
也说不出它的名字
只觉得那叫声孤单、邈远、微茫
在凛冽的天宇下，在疏落的枝柯间
时断时续，仿佛杜鹃在试鸣

我不知道它为什么在这里叫
也不知道它为什么独自
站在晦暗莫测的深处
发出自己的声音
但我想它是小的，是安静的
它低过它自己
它一个人在这里栖息
在这样的夜晚，也只是看一看空旷的人世
幽暗的湖泊，或许会像我一样

还会看一看头顶那几点寒星

想一想多年以前，山川不尽的大地长天

（选自《诗刊》2023 年第 14 期）

森子的诗

序曲

清晨渴望自己是渴醒的

作为容器跑进厨房

贴瓷片的窗台下

凉白开水杯散发幽蓝色的光

起床的节奏依据心律的快慢

咕咚一大口

森林的腹腔便有蝌蚪走访

青草镶边的池塘

黑熊的迟钝来自印象的误差

庞然大物的敏捷不依赖于速度

而是深呼吸的大脑

触底反弹后随手穿上了衣裤

行动的理由产生手臂

以镂空的 T 恤搭建一座瞭望塔

不是你的反应太迟钝，而是思想的静电

擦出的火花还留在床头。

（选自《长江文艺》2023 年 7 月上半月刊）

山中

山中，一个人讲座，

老虎无意识。

拂晓下过雨，之前

两位小说家烘烤返潮的内衣。

一个爬回史前取火，

一个在深谷肢解螃蟹。

你问，怕过吗？

我没有免于恐惧的自由，

用过的纸杯丢进垃圾桶，

乜斜。唉，

我也是客观主义，"没有物就没有思想"①。

杯子嘀咕嘴唇的话把儿，

被说出的病菌和茶垢繁殖。

虽然在你那里，

老虎不再象征自然权利，

仅仅是一些手工缝制的花纹，

可你依然感到大山深涧

痛经般的战栗。

注：①威廉·卡洛斯·威廉斯语。

（选自《长江文艺》2023 年 7 月上半月刊）

一段河流

下水时是你

游到河心的怎么是我

换气，一串气泡

鱼儿提着灯

柳树倒立着睡觉

激流慷慨地摩擦出山脚

游到对岸的我

返回时是你

倾其所有的河水

恰好隐藏了它的无私

树荫脱下又穿上孩子的衣裳

提灯的鱼儿

小心应对深度的厌倦

任何表面都比深渊动荡

新鲜的时段

很快剥落鱼鳞

小小的鱼刺所针对的尊严被卡住

一个易折的人。

（选自《长江文艺》2023 年 7 月上半月刊）

邵超的诗

空穴寺

无人打坐念佛
却闻低沉的诵经声

无人敲击木鱼
却闻木鱼的敲打声

不见钟鼓楼
却闻晨钟声高暮鼓声低

来空穴寺
我在若现里感悟若隐

在虚空的禅意中，祈求

禅意的虚空

（选自《牡丹》2023 年 6 月上半月刊）

万事皆有结果

山重水复，柳暗花明

柳暗花明是结果

一把好牌打得稀巴烂

稀巴烂是结果

十年河西，十年河东

东和西都是结果

生而为英，死而为灵

英是结果，灵也是结果

种瓜得瓜，种豆得豆

瓜和豆是结果

夕阳已去，皓月方来

来去皆为结果

退一步海阔天空

海阔天空是结果

各有渡口，各有归舟

渡口和归舟是结果

正道沧桑，人生苦短

沧桑和苦短是结果

苦海无边，回头是岸

唯独岸是结果

敬他，远他。再过几年，你且看他

"再过几年"是结果

人生如圆，终点亦是起点

终点和起点都是结果

跋山涉水

追逐着自己和别人的追逐

结果却两手空空

空空如也，空空如也

空空是结果

如也也是结果

（选自《牡丹》2023 年 6 月上半月刊）

苏小七的诗

月之念

桂树　借风的速度

把清凉送来

心香　如家书的暖披在身上

广寒宫外　我们隔岸相望

不知该怎样诠释

明月几时有的悲欢

把以往的黑　丢在一旁

就会看见光亮

八月　桂花铺满床

九曲回肠人造天堂

月圆时　就着寒意饮下温暖

如烫人的夏日一样

你在远方

笔墨也描摹不出沙河的月光

秋叶下面等待春天

天空深处　柿子被急促的呼吸

催得脸红心跳慌里慌张

时光暗示　月亮越过耳际

有个声音悄声说

亲爱的　那些不得已的别离

教会我们成长

（选自《时代报告》2023 年 9 月号）

孙禾的诗

一棵树的孤绝与终老

我曾对一棵荔枝树寄予厚望

我选择儿子生日这一天种下。一遍遍幻想

假以时日，阳光的雪慢慢落在头上

我在树荫下打盹

岁月的叹息绕耳而过

春来，我赏花。夏至，孩子摘果

老了，便以命相托。厚望归厚望

当我意识到，树在人间，也有叵测的命运

阳光已用无数根针管，慢慢地

就抽走了它的绿，它的汁液，它所有的活力

它细微的疼痛声几乎听不到。我从种下它的

那一刻，是打算要好好去爱的

像父亲一样去爱，像孩子一样去爱

从它长出的每一片叶爱起，爱它的玻璃根

爱覆盖过它的泥土，爱枝头上停留过的鸟鸣

爱树下经过的人，爱它内心有过的郁郁葱葱

爱它内心积攒的火焰。甚至后来

爱它戛然而止的静悄悄，爱它

我至今难以向九岁孩子描述的伤逝

爱它的燃烧，很像我最后的火光

（选自《绿风》2023 年第 5 期）

孙松铭的诗

黄河抚摸每一棵远行的草

黄河日夜涌动，它要去抚摸每一棵
远行的草

白塔山是披着草原战袍的马
马蹄，欲踏破河流

流水转了个身，而山脉勒马
停止了起伏
山脉勒马，只为黄河流

风声随河水蜿蜒
而时间不语

流水流动着取舍，断崖袒露着舍得

（选自《飞天》2023 年第 5 期）

雪从梨树上长出来

去年的最后一场雪
像谜语，从梨树上长出来
趁今年的第一缕春风
往上飘。漫天飞雪

鸟是天空脸上的一颗痣
恰证实了
雪白天空的包容
允许桃红，搽在双颊上
允许绿蜻蜓扣住斜襟
允许远山低头饮雪
允许天上最大的一片雪
牵引孩子们飞翔

雪下在春风里
往上飘。一只蝴蝶
也想往上飘

它在二叶草抟起的一滴露珠里

展翅

顺便打开了三月的谜底

（选自《飞天》2023 年第 5 期）

谭滢的诗

洛阳大运河博物馆

一艘大船定格在古运河遗址上

泊于瀍河之畔，现代的脚步纷至沓来

如流水，如鱼群

千余块三彩瓦镶嵌于穹顶，若鱼鳞

浮光掠影是一个缥缈的词汇

易使人在恍惚中深陷

一条洁白的丝绸在代替河水流动

有小船游弋其中，缓慢，迟滞

你要打开想象的闸门，使它们

数倍于你看到的，再添上水声，鸟鸣

和喧闹的人声

隐去笼罩着它的楼宇、墙壁和灯光

还原一条河的本来面目

它正以龙的形象蜿蜒前行

从丝绸之路的东起点出发

丝绸，粮食，瓷器，茶叶被

分化于汹涌的水面

余杭是它的一个拐点

如果你把大运河当作现在的高铁

那它就是一匹快马

使"共享"早于我们的想象

这都得益于一个皇帝的"异想天开"

(选自《当代人》2023 年第 2 期)

唐朝的诗

落日

整个过程
演绎赤裸裸的阴谋

将夏天的温暖
和一个秋天的激情
连同天空的血液
一点点吸干
然后收缩呼吸
悄悄退却西山
那里有巨大的黑暗

落日独自为战
端起的枪口

闪着猩红的警觉

掩护向后的行动

子弹跃跃欲试

瞄向所有的可能

凭栏远眺的人

和行囊相依为命的人

开始失落

甚至预备了失眠

一日或一生的目标

就这么无声退场

（选自《诗刊》2023 年第 22 期）

土门

土门是不需要展示的

表里如一的色彩

在我南中原的乡下

坚守一块岁月

土门之惑　或因为

无人可与之交流

迎来送往

交付朱户或柴栅

酒肉拉手银两

炊烟依偎禾香

皆与它分手已久

走过土门的人

心重而慢

土门怀抱小路

记忆早已风化飘落

（选自《诗刊》2023 年第 22 期）

唐吉民的诗

立春贴

灶塘边

父亲红光满面

他脱下厚实的棉袄

又穿上。风在屋外迈着小碎步

群山纷纷摘下沉闷的口罩

呼吸新鲜空气

多么好，这人间清欢

我知道，这场盛宴

很多人不会如期而至

请相信

阳光慈悲为怀

它在土地深处闪电

给卑微的野草

铺设一条平坦的归路

几群鸭子在水田与池塘之间

来去自如。稻茬留下的场所码

已被它们宽大的脚掌

刮拭得不见痕迹

此刻，与春天一道站起来的

还有沉默的河流

它们并肩而立

朝天空，大声呐喊

（选自《文艺生活》2023 年 10 月中旬刊）

一只飞鸟掠过窗前

一把匕首
刺向异乡的清晨
如同一抹流星
划伤夜空一样疼痛

从百花齐放
到落叶归根
季节一直在奔跑
我一直在流浪

一只飞鸟
从窗前掠过
没有翅膀拍打的声音
就像你掠过我的生活
就像一段流逝的时光
悄无声息

（选自《文艺生活》2023年10月中旬刊）

田春雨的诗

霜降

霜降了，多想想无关紧要的事情
心凉了，该如何才能焐热……

放下银杏叶逐渐泛黄的自白书
蜜蜂趁夕晖挑破说谎的南瓜花

放下洋葱一层层化繁为简，眼泪的抽象派
放下落花生一粒粒抱朴守拙，泥土的形而上

放下虫眼对视着星星；床头蛐蛐
与窗前月光，一酬一和

放下瓦上霜给旧蛛网的批注

还有更多的自己踩着自己的肩膀

霜降了，多想想无关紧要的事情
心碎了，满腔的石榴籽仿佛悟道的珍珠

（选自《青年作家》2023 年第 3 期）

田君的诗

武胜关隧道

山被人取走了一部分内容
变得不再完整

一种真实存在的虚无
被黑色物质填充

钢轨和枕木疤痕一样延伸
——钢铁的缝合术

阳光也经常会有无力感
因为总有一些事物它无法穿透

（选自《莽原》2023 年第 5 期）

清水村老村部

选择山脊,是为了节省土地
在山区,只有庄稼才配住在田里

创业者以他乡为故乡
以青春资供山水
一些顽石和朽木就这样被唤醒
重新找到了自己的位置
还有一些老报纸
抖去满脸的灰尘
在阳光下清晰可辨

那些人和雁留下的名声
总是会被反复提及
比如今天
我们似乎占了山水的便宜

(选自《莽原》2023 年第 5 期)

田雪封的诗

立夏

1

又刮风了，带来了雨，
整个河南都笼罩在阴郁中。

我的房间，一个建筑工放飞的紫色气球，
它的脑袋随夜风摇动，就要被黎明摘走。
其间的人，仍然在沉睡，如躺在摇篮里。

窗前的一株岁月梧桐，被狂风弹奏，
为痛苦的回忆伴舞的大长腿，
冠状枝叶，展现出音乐那持续转换的形状。

2

下雨了，又下雨了，敲打着窗子。
黑夜里，我看见一只只雨滴做成的小手；

在无数男人有力的大手中流转，
仰天躺下，或者翻过身子，
趴下，像匹白马，扭回头，
金色的鬃遮住半边脸，
看肿胀的太阳，朝它的肉体，
发泄怒火；

冬天的树，一个倒栽葱的女人，
两条腿在半空踢蹬，她的头
吸收着无边的泥土，长发在黑暗底部飘动。

3

从夏天到夏天，你一直在试图收拢
指缝间流失的沙子，试图
重新把它们握在手掌中，
啊，那份松软、光滑、沁凉和颗粒微小的喜悦。

就像一棵白杨树的三个枝杈，

你同时生活在过去、现在和未来。

4

又是夜晚，雨声大作。
谁在外面敲打窗玻璃？
而窗子内却久久没有回应。

谁用右手食指指关节敲打墙壁，
桌面，床头柜？而另一面没有回应。

谁在从内向外敲击窗玻璃？
却迟迟不见有谁推开一道缝，
脸像月亮，躬身邀请……

（选自《江南诗》2023 年第 5 期）

王德颖的诗

过冬之前

劈柴、囤菜、砌墙，将篱笆
扎得像长城一样；月光下
用生姜、花椒，温暖心绪
回眸，看一眼桃花园，若冰霜袭来
那枝头藏起的，就不只是风云

老屋内，我仍在翻箱倒柜
暖水袋、电热毯，再弹半斤棉花
喜迎快临盆的雪娃娃
表白，从红叶开始，自码头
背负行囊，直到炊烟枯瘦
无力挽留，最后的秋声

（选自《妇女》2023 年第 12 期）

王东岳的诗

月光吉他

月光弯起酒杯，饮着

黑沉沉吉他的琴颈

该换路了，左拐

家的楼，窗户上有白色喇叭

水滴成泥，挑碎

隆隆声广袤的荒漠

车轮驼着背

将离分注入歌词

重低音，温热一瓶

渐渐敲醒的回忆

喝了许久，剩的酒在

法桐树林

照不到穿不透的光滑上

夜空挥走地图

千千万万藏身之处

不见一个孔洞

（选自《诗刊》2023 年第 11 期）

王东照的诗

新华路

在小城它是一条断头路
人们在这条路上谈论商业、农事、邮政和新闻
最多的是一个人行走,把岁月消耗在皱纹里
夜静之时,路上空留着鸟群
丝绸一样的碎语揣摩着
时远时近中我侧耳,听枯叶微弱的喘息声

(选自《躬耕》2023 年第 1 期)

吆喝声

一浪高过一浪，声腔里站着中年的困顿
在高楼的最底层，嗓音是路标，是房租的月供
是孩子的学费，是暗地里咬紧的牙关
破音，并不代表情绪骚动
换作是我，一定是眼角下无情的判词

（选自《躬耕》2023 年第 1 期）

王海峰的诗

听一只杯子沉吟

它娓娓吐出方言，有些许激动
酒香已抵达肺腑
村庄和旷野沉入杯底
月光如水，映出一张苍茫的脸

不知不觉，有人已醉卧异乡
只有夜色听它
在诉说着乡愁

此刻，孤独掏空了它的身体
风一动，影子就摇摇晃晃

此刻，仿佛只有把虚无斟满

才能慰藉它内心的不安

（选自《诗刊》2023年第22期）

父亲的斧头

再坚硬的木头

也比不过，父亲手上的老茧

他抡起斧头

砍向清苦的岁月

生活，便在木屑的飞溅中

有了起色

这些木屑与刨花

相互慰藉，并生成烟火

养活我的童年

父亲在他五十八岁那年

完成了一生的使命

他的木匠手艺，从此后继无人

如今，那把斑驳的斧头

还悬挂在屋檐下

在坎坷不平的人生路上

我时而还会拿下来

敲打一下

浑噩无知的过去

（选自《岁月》2023 年第 11 期）

魏甫的诗

睡眠是白色的

传说人进入睡眠后是白色的

为了经历完白天的黑

每丈量一寸故土，自己就黑一点

而每个人又是木制的身体

瞬息之间就能涂满疮痍

所以我必须在进入孤独之前

打开一扇窗，让光成为我的一种习惯

午后，一只小鸟在绿荫下乘凉

好一会儿，它都在贴着喧闹的小草

试图用温驯叫醒轮椅上浅睡的老人

现在是下午两点二十分

接下来的时间内，有两种颜色可供选择

当我还在两者之间徘徊时

老人早已把黑色抛向深处

（选自《诗歌月刊》2023 年第 12 期）

吴浩雨的诗

瓦刀

老黄的这把瓦刀

见过世面，见过砂浆、石料

见过柱子、围墙

少说有 100 万块砖

聆听一把瓦刀的敲打

有一把瓦刀睡觉就香了

有一把瓦刀就可以踏上行程了

砍砖，断瓦

不需要利刃

不需要削铁如泥

就可以砍断岁月

露出瓦亮瓦亮的特质

（选自《躬耕》2023 年第 3 期）

吴清顺的诗

空想书

无垠的马蹄，踢踏破碎而空虚的草原
是谁在终年不化的积雪里哭泣？
要有大雪，才能预兆一个朴素的丰年？
沉闷的浓雾，坍塌在废墟的腹部
我们终日饥肠辘辘，从唐代的疆域
跨过落花与流水，朝向无数的墓碑
为不是一个古人而惭愧

黯淡的土地从未如此艰苦而焦虑
村庄隐而不发的雷声，曾响彻父亲的一生
他告诉我，"大地是母亲，粮食是乳汁"
想起一些旧事物的归宿，无非是另一种遗嘱
有时，我们盼雪，骑马，垦荒，围篱

225

更多时候，我们在巨大的阴影里

牺牲着我们的一生

（选自《滇池》2023 年第 3 期）

对谈录

悬铃木静止，沃野无际
我们倾听萦绕暮年的钟声
以平原和粮食的疼

认清一生的落叶。或者
被裁决为一个诚恳的农人
有朴实的心，而站立如稻草

空寂曾让我们藏身积雪，而阴影
永栖在一只考古学的蝴蝶上
乌有的雷声一遍遍漫过生活

灰褐色的烟霾，涌进我们的体内
我难以向你讲述，大地的深幽
只有落日，不断迫使我们再次迁徙

（选自《诗歌月刊》2023 年第 6 期）

吴元成的诗

彩陶双连壶

拴在大河边的大河村
拴了一只双连酒壶
喝酒的人或许是结盟的黄帝、炎帝

更可能是一对新婚的夫妻
就是从五千年前开始
相爱的人喝上了交杯酒

（选自《延河》2023 年 11 月上半月刊）

牙雕家蚕

种下一片桑林

采回一筐桑叶

养蚕，剥茧抽丝

优哉游哉

双槐树人只是担心，四千年后的人

不知道他们

以黄河为经，以洛河为纬

特别会纺织

就用牙齿雕刻了一只家蚕

告诉我们，他们已穿上

文明的彩衣

载歌载舞

（选自《延河》2023 年 11 月上半月刊）

西屿的诗

北风

我熟悉这北风，吹过山包
吹过我的屋顶，我熟悉它
像熟悉父亲的咳嗽
父亲佝偻着腰，从外面进来
他撩开门帘的一瞬，我熟悉的北风
迫不及待地，跑在了
他的前面

（选自《星星》2023 年 11 月上旬刊）

洛河大桥

一九五八年对于我
遥远而陌生。我一次次看见奶奶
挤在修桥的人们中间
她肩上的木料，手中的沙子
走路时的摇晃。她有一次摔倒
她还有一次爬起，她身后的落日
和多年后，我在桥头看到的，几乎一样

（选自《星星》2023 年 11 月上旬刊）

大渠

我们在锯木场的家，外面

有一条大渠，我们每天面对它

把炊烟放上屋顶，围着门口的

小饭桌，把夜晚请出来

让月亮打开灯，我们从不

到它身边去，仿佛

它与我们的生活，毫不相干

它平静，内敛

直到有一天，下大雨

它的水漫上来，我才发现

它原来，也有脾气

（选自《星星》2023 年 11 月上旬刊）

小葱的诗

深誓

近来总梦到你

这场冷战，从小房子外的蜡梅

到郊外野蒿，星空肃穆

无一幸免

深誓如杀戮，我偷走你记忆

和死叶上走过的

脚步声

怎能忘断呢

此时邻村的集市空地上灯昏鸦静

一旦超越了想念你的道路

我将安享这个雪夜

（选自《牡丹》2023 年 5 月上半月刊）

长安十二时辰

一片月游上鼓楼的鳃

像是认出你，又忆起那年的谁

你看见，便想去酒店前台

借来竽篥，或乌克丽丽

虽然明知没有，也不会弹奏

只是徒劳一场

但你仍然需要让自己安静

把滚烫的旧事，变成一杯冰咖啡

这时，一串书面语窜入头脑

便有了风暴冲动

不一定《长恨歌》，也许小说更合适

——而你确定写不出来

在不断与人告别和失去的有生之年

（选自《牡丹》2023 年 5 月上半月刊）

笑童的诗

燕麦扼

麦田里，燕麦因脱颖而出
被连根拔起。生不逢时——
如果有人愿意将成千上万株小麦
全部除掉，只留下这些
出类拔萃者，他将是一个英雄
很遗憾，我所在的小村庄
没有一个这样的英雄
更多的燕麦被
潦草拔掉。他们
和整个华北平原其他的燕麦一道
终其一生都在与农人们
相互较真，彼此耽误

（选自《当代·诗歌》2023 年增刊二）

最后

当帷幕落下的时候，落日也

走进一座旧时钟。没人能辨出俗雅之别

没有人能说出挽留的意义

是谁噙着眼泪，轻声唱：

和梦里的不一样，和眼前的不一样

周而复始的

时光——

一日三餐，风雪载途

你咏叹的色彩除了恻隐之心

除了笔和灯盏，我还看见

一枝梨花从深青的树枝间伸了出来

（选自《当代·诗歌》2023 年增刊二）

徐福开的诗

中原的麦子

在中原，麦子的性格是完美的
仁善，大爱。隐忍，包容
烟火中，麦子是家庭成员
睡梦里，麦子是崇高神圣
血液深处，麦子就是慈祥的母亲
大中原所有的目光都能
诠释出麦子的音容

麦子的气息里
永远不会走失的是土地的奶香
麦子的根魂里
一直都能萌生出大河的新波纹
麦子的梦想里

随时都在给中原以远的广袤喂养

从一粒麦子，到一碗热面
从一片麦田，到万家厨房
从一囤麦粒，到国人粮仓
从一地麦香，到万物生灵
历经严冬，叫醒春绿，在夏日热烈前
含蓄，包容，不张扬的麦色
用粉碎的身心反哺。让每一张嘴
都能嚼出河南方言味道的醇香

（选自《河南工人日报》2023年12月28日）

一棵大树

从洪荒中走过
举起善念大旗。智慧一天天丰满
部落成长成族群
一棵大树，由苗而壮再到参天笼地
随着开拓的足迹
遍布天下土地

树的根部，炎帝、黄帝、蚩尤、伏羲、女娲
埋下的仁德正善，不屈不挠，勇毅前行
让主干穿透日月，枝繁叶茂，风雨不惧
根须向下，汲取人类最精粹的善水
枝叶向上，让脚步踏向了五湖四海
地球上只要有方块字、汉语的地方
就能闻到这棵大树飘溢的果香

一个氏族一个姓氏
一个民族多个家庭

一个姓，百家姓。千万条支流

一棵树，百条枝。千万片叶子

从大河南起步，在大中华兴业

同样为全世界输送着大中原的精气神

落叶归根，万姓思源

矗立在大中原的这棵大树

永远向她的枝叶们高悬

回家的路标……

（选自《河南工人日报》2023 年 12 月 28 日）

徐慧根的诗

麦子熟了

此刻　大平原拼命搅动自然的调色板

像要把阡陌的浅黄色变成金黄

羞羞的夏天稳坐中军帐　运筹帷幄

让温暖好动的风

去当季节策反的说客

良田万顷笑　意浓浓

灰暗的往事转瞬间凋零斑驳

大运河　洹河　金堤河　柳青河

像蓝天白云的一面面镜子

倒映着安阳大地上一幅幅美丽的画作

（选自《安阳日报》2023 年 6 月 9 日）

麦田，仿佛伏兵百万

季节的对弈

无视风的谎言

大平原早已心怀雄兵百万

亿万万挺立的麦芒

护卫着江山社稷

心知肚明被一卷丰收的册页点名传唤

冬天已挥霍了太多的日子

应声而至的金黄兵士抖落了尘埃

积攒的孤独

重过一页厚重的江山

祖国放心　沉甸甸的籽粒

就如撑起华夏粮仓的忠肝赤胆

（选自《安阳日报》2023 年 6 月 9 日）

薛松爽的诗

未完成：塞尚

在那一刻

他的内心忽然战栗，沮丧

他无力在浓密的枝叶中

凝固一线阳光的力量

他停顿下来

注目倾泻而下的光

而在他的未完成的画作中有一种秩序

仿佛我们可以通过一双不存在的手

来持续下去

通过一块块颜料的涂抹

密叶的边缘开始抵触、交融

远山因额角般岩石的质地而得以永恒矗立

（选自《诗歌月刊》2023 年第 11 期）

天山积雪图

险峻的山峰唯余简单的线条

红衣行者牵一匹骆驼独行

我感到了空气的稀薄

是的，已经没有道路了

（有一处可以歇脚的地方就够了……）

连千奇百怪的岩石和幽深洞穴也不见了

被风雪抹平。晦暝的高处隐隐有雪粒

摩擦天宇的音响

暮色中峰顶如烛

照耀稀薄之地，那景观于是出现：

半空奏乐的杏衣仙阵，低头蹒跚的

长长流放队伍

一百个孩子正从深雪埋葬的巨石孕出……

（选自《诗歌月刊》2023 年第 11 期）

薛颖珊的诗

独奏录

只是不可言说，音乐是苦肉计

剥离抽象的色系，世界如布

断续着拼凑，或许遗憾的版面

重复了一遍。在我，抵达之前

事物碰撞着烤火，阴影下的光

擦亮它身上的暗示

下意识地，与对立的写手独白

——坚硬的音色，把我砸入无人之境

众神曾恍惚与我同席

不可言说的，水是天然的提琴者

它讲过一个油纸女孩，单薄如夏花

缀在风景上。锤炼着镜面曲度

反复交错着独自一人的纷扰

起奏。舞场边缘

与盛大的世界仅有一墙之隔

这时，餐盘端上我的沉默

情绪逐渐与晚间咖啡达成和解

（选自《诗刊》2023 年第 20 期）

一地雪的诗

一棵塔松住在小鸟的瞳仁

一棵塔松住在小鸟的瞳仁
是否，像一座山住进你的眼眸
我只怀疑，那么大的物体
为何被那么小的眼眸包裹

你看见的是真相还是
假面，蓝色的天空知道
奔腾的风与沉默的大地清楚
事物就这样被事物算计着
呈现的诡异存在于科学

当我想到这些
窗棂上，雨滴漫不经心敲打着夜

而你永远也不要相信

孤独等同于，黑暗的自愈

（选自《江南诗》2023 年第 1 期）

人世

将窗户开大。暮色中

秋风灌进花盆，满眸肃穆。

幸福树。平安树。

它们的身影楚楚摇曳

恍惚间，仿若树上颤抖着王小波的

猫，被剜掉的双眼真的变成

一双涂满口红的唇。[①]

这世界就这么神奇，

无形于有形中禅定。

有形又被无形铲除。

而这一切，多么像窗外嬉戏的

孩童日日如斯。

岁月也就在如斯中推进。

直到婴儿也学会顺应，

破解人世这个词语——

注：①此句化自王小波《猫》。

（选自《江南诗》2023 年第 1 期）

尹聿的诗

破镜

破镜眼花缭乱，目光游离
在一个家庭的角落里躲藏
看到他的时候，家具又要换代
没有人想到他在这里存在
他很惊恐，他人很惊讶

小心拿起它，放进一个垃圾筐
窗子里的阳光给他穿上盛装
走出角落的日子都要打扮自己
在抛弃的日子他再最后一次风光

清扫工作反对旧的过去
在屋门那个槛上有命运过滤

抬腿的事情，破镜可惜了

他没有腿，他怎么会有腿呢

他流转在人们的手上，面对眼睛

他就面对眼睛，表情复杂

怀旧贴在镜面，看不到那人的过去

照过就照过了，镜子光滑干净

谁还在那里留下痕迹

走就走了，脚步滑倒在镜外

不带走镜子，人生还是要带走的

旧的和新的一样观照，时间成为镜子

（选自《人生与伴侣》2023 年 10 月号）

张洪腾的诗

碓臼

石径的拐弯处

有一块巨大的顽石

先辈在上面

凿了一个心窝

立在那儿，像一个倒置的窝头

石杵，捣细多少粗粮和叹息

在时间里不翼而飞

石臼空了心窝

不再遭受永无休止的撞击

贮满的雨水

怎么也沤不烂腌不透

日头和星月

（选自《莽原》2023 年第 1 期）

老榆树

村头的老榆树
从我记事就那么粗
如今我脸上的沧桑
将赶上了它粗粝的皮肤
而它，依然如故

一棵树，就是一道风景
是我生命的地标
我拖着拉杆箱
走到它撑起的绿伞下
燥热的心里
顿然生出一片阴凉

喜鹊欢歌
遗忘了前嫌旧恨
为迎新客奔走相告
树下的我，已不再是那个

掏蛋捣窝的少年

（选自《莽原》2023 年第 1 期）

井台的记忆

村头的老井

像埋在地下的大葫芦

外方内圆的井口

与铜钱背道而驰

但里面藏着同样的金贵

当炊烟升腾为晓岚和暮霭

人们围绕在井台边

摇起辘轳

打捞着岁月的太阳和月亮

如今，辘轳没了

两只小小的铁锁鼻儿

已锈入了青石的体内

曾经光滑的井台

如今苔藓斑驳

依然敞着黑漆漆的洞口

像一只死不瞑目的眼

巴望着老天的垂青

（选自《莽原》2023 年第 1 期）

张茹的诗

酿酒

枫叶渐渐红了

许多青绿的句子，还未及

说出口。菊花也渐次开放

索性采菊酿酒，邀一楼山风

与草木，与花溪

与远在天边的你

谈一谈，去年的那只雁

如何去的天涯

聊一聊，这么多年

你是否曾想起我

（选自《诗刊》2023 年第 15 期）

张鲜明的诗

佛塔上的黑鸟

这是七月的午后
夕阳
牵着苏巴什佛寺遗址上的风
把我的身影
拽得像飘忽不定的幽灵
突然
一只硕大的黑鸟
把我的目光
引向西寺中部佛塔的塔顶

塔顶上的黑鸟
像瓜皮帽上的一粒扣子
又像是一只来回闪动的眼睛

我们相望了一会儿

它倏然朝着天山的方向飞去

而原地不动的佛塔

张大空空荡荡的嘴巴

远去的鸟影啊

可是佛塔

突然说出的一句话？

（选自《诗刊》2023 年第 17 期）

齐兰古城的风

都走了——
那些曾经往来于此的
旅人、商贾、车马、士兵
还有街道
房顶
和河水一样流淌的光阴

只有
风
像留守老人那样
还在齐兰古城里住着

每天
它都会在棋盘格似的街道上
转来转去
从这间马厩到那间马厩
从这个门洞到那个门洞

一个上午

把整个古城

细细地摸上一千遍

在这个七月的午后

风

远远看见我和几个游人的身影

就立马长出翅膀

热辣辣地迎面飞来

它大概是想跟我们说点什么

却突然不知所措起来

捂着脸

团团打转

哗啦啦的沙尘

是它飞旋的衣衫

（选自《诗刊》2023 年第 17 期）

张晓雪的诗

苦荞麦

她们是写实的高手。

苦荞麦从瘦金体开始，
临摹自身的每一寸——

分蘖是一帖，
淡淡地消解陈旧的段落。

扬花一帖，独自经历的一阕，
被心灵之气揉碎了。

一帖抽穗，丰满如祭，

隔着不可一世的神思和光芒，

将把流年倥偬，重新爱一遍。

（选自《北京文学》2023 年第 6 期）

与槐花

而槐花是多么崩溃的作乱。
天真到不被世态允许的那种表情。

孩童体写下了她发烧版的喧哗，
点燃，忘我，不经世事。

累累落地，又朵朵后生地挑衅着
一米线的距离。

孩童体还写下了静默之末，
困于重大事件的清香与天性，

像懂得了无常、暗念和矛盾之味似的，
此前摇头，此后点头，

止威，息怒，超现实，
宏大与柔弱的叙事结构，微妙难言——

一树象征遮蔽，一朵象征无辜，

一簇稠密，比着战栗。相互赠送的绝句，

"深入"已同"浅出"混在一起，

使野外风和菜市场，都获得了完整。

（选自《北京文学》2023 年第 6 期）

村庄

她有无序的阳光，
一簇一束地攻占了田野。
明媚而又悠荡的侵扰，
来自麦浪的激发。

半树上的猫正抬起一条腿，
攀高如同低就。心头也有指望，
喵喵数日：手摸不着期待，
我等候。

新建的二层楼，舍不得旧扁担、
白菜籽。沾上鞋尖的泥浆，
带回了雨水。悉数青砖楼房，

屋里有土豆丝的味道，
屋外有一只小土狗
见人就摇着尾巴。屋外，

揉搓玉米棒子的老人舍不得

剩下一粒。

（选自《北京文学》2023 年第 6 期）

张永伟的诗

桐花

桐花开了，两个小孩
在路边打架，一个哭着走了。

我看桐花，
心却跟着他。
小时候体弱，和他差不多。

一边伤心，一边踢着
路边的小石头——等我长大了，
一定好好揍他。

有时候在睡梦里，
变成了秦叔宝，或关云长。

骑着马飞，虎面金身——
却忘记了仇家的面孔。

一边走，一边踢着小石头。
噢，这世界，想回到路边，
再哭一次。

（选自《雨花》2023 年第 4 期）

在卡夫卡广场

忘记花了几欧元。可是

什么也没看到，像 K 和他自己。

有一会儿，我听到了你的啼哭，

石头好像也听到了，在光影里

挪了挪。你圆圆的眼睛：

童年的玻璃球，在路边观察。

蝴蝶很快就不见了，消失于

人群的刺丛。人们的话，我一句

也听不懂，我为什么来到这里，

观望并走神？留下即将投入火炉的字迹？

一个午夜打来电话的女孩，

在月亮上和你说话。窗外的树，

也颤抖了一下，为了梦见另一棵。

真的有那十年吗？我为你要了

一杯啤酒。也为自己要了一杯。尽管

我知道，你睁着眼睛就能变成

一座小桥，或者骑着木桶，在头顶消失，

留下一个无人的冬天。

（选自《雨花》2023 年第 4 期）

张悦的诗

修复与自愈

被圆月里的强磁吸入山水古意
醒如落叶，舟行在几世叠合的涛间

被骤雪里的簧片弹向史蒂文斯的二十座雪山
黑鸟展翼画圆，套中孤往之心

游云的视角，坠雨的心境
互换得失

雾，雪，夜，摇摆沉潜的鲸身
吞下咬钩的琐碎

生活扬手抛撒铁钉

搅不匀光和暗影

如何将凌乱的尖锐
揳回感官翻翘断裂的木踏板

提起言说竖有毛刺的柄
一字，一锤

（选自《草堂》2023 年第 6 期）

转述

想借蜜蜂接近绽放的方式
转述词语亲近光的欲望：

春风，托管你用手摆渡的事物
包括我摇晃的瓷身，不稳定的釉质
所有借你之力上浮的轻盈

目光沉淀黄昏
染蓝白花飞燕草立起的张张票根
对应的旅程
在天空中游移的箱屉里暂存

天幕间悬挂着小情小调用脏的粉扑
遮挡了映现清朗素颜的镜面
那只灵兔，必定隐身于某处留白——
给藻饰卸妆的落雪

你以鲜嫩音节，抚摩潮湿而透明的鹿角

从夜的拳眼内探出待我咀嚼的七色

火通往水的途中，适宜采摘闪亮

你向雨借道的归途

成为丁香唇间未尽兴的讲述

（选自《草堂》2023 年第 6 期）

张喆的诗

水井

外出的人，一个个都回来了
逝者暂时躺在人世

他养的狼狗，在老屋里呜呜哭
鸡在笼子里乱扑腾

檐下劈刀还在。旧的，新的木柴
我们用在流水席上

他挖的水井，青苔包浆
时光缠绕住压水泵，厚重，斑驳

帮工煮饭的大厨，依然喜欢这个老物件

279

他按下压杆

许多往事"哗哗"地涌现眼前

（选自《诗选刊》2023 年第 1 期）

落日辞

我没有说话，也没有打开手机音乐
沿着山腰
慢慢地融入辽阔的寂静

野牡丹开得兵荒马乱，木棉花红得
像一场梦幻。花香浓郁
淹没众多蝴蝶的小资情爱

暮色空空，犹如一块薄幕
鸟雀滑翔起伏

彼时，落日像个绘画师
它把最后的五彩颜料，涂鸦在树梢、山川上

——也让我，一个平凡的女人
在山之巅，身披霞帔

走了一场绚丽的 T 型台，光芒盛大

（选自《诗选刊》2023 年第 1 期）

赵洪亮的诗

记事

你在琴房，弹奏那首练习曲
窗台栽种的吊兰，指甲草，小肉肉
早已经习惯了
音符细浪一样与春天的
坏脾气握手言和

我把红枣，江米，花生，葡萄干
三滴清晨的阳光　放在一起煮好
端到琴旁

鸟鸣啄开的蓝
允许白鸽驮着白色的光阴一闪而过

拖地，抹桌子，修剪过很多次的侧枝

然而，这一切都不够

我想静静地瞅着你把蜂蜜水喝完

静静地听，你的歌声

点亮窗外每一朵月季花的

额头

桂花紧挨着桂花

香气像赶路的女子催得一阵紧似一阵

我并不理会暮色中的植物

添水煮饭，剥一棵葱衣衫褴褛的外衣

桌子上咬了一口的苹果在等

等煮的粽子淹没日子甜丝丝的味蕾

（选自《胶东文学》2023 年第 3 期）

赵克红的诗

灵应寺的神灵

究竟什么才是祂的身体
这陈旧的泥胎，斑驳的油漆
还是被香火熏染的眉眼？

什么才是祂的灵魂
越敲越空的木鱼，养育光的蜡烛
还是在门槛上慢慢倾斜的
山中光阴？

我在灵应寺没有找到
心中的神灵
我下山了
在一路的枯枝和青草上

留下了散碎的脚印

（选自《莽原》2023 年第 6 期）

泥牛入海

泥牛就是那声叹息
泥牛就是那种风采

这世间需要汹涌而来的浪涛
也需要一头泥牛

有千钧的力量
却依然无依无靠

有倔强的灵魂
需要斩钉截铁地表述

用泥土铸造的圣器
砸碎从现实深处泛起的泡沫

让一个义无反顾的身影

瞬间便在历史的诘问中无影无踪

（选自《莽原》2023 年第 6 期）

落叶

再没有比一片落叶

更辽阔的纸张了

它写满文字　涂满色彩

遮盖着世间巨大的断崖

以及无数缝隙和漏洞

它无巨大的体积和重量

轻微的一次翻动　就会改变

整个世界的结构

面临枯萎和腐败　它内部的齿轮

转动得更快

只短短的一夜

就代替整个人间

从命运的末端摇到了一柄

生命的清透

（选自《莽原》2023 年第 6 期）

郑旺盛的诗

我知道，你一直在等我

我知道，你一直在等我。冥冥之中

或者，这就是百年、千年早已注定的缘分

沅陵，我来了，我终于来了

这片土地如梦如幻，如诗如画

如来自远古的神秘的呼唤

我已神往很久很久，我不顾山重水复、云遮雾绕而来

带着一缕清风，捧着一颗明净的心

"我明白你会来，所以我等。"

沈从文先生的话，一如八月初秋车窗外那一片

金色的阳光，无比温暖，无比温柔，明亮而浪漫

沅陵，我来了，我终于来了

我看到了一江碧水浪波激荡

我看到了两岸青山云烟缥缈

我看到了山峦叠翠美若仙境

我看到了飞鸟划过江面的洒脱

我看到了高高矗立的属于沅陵的那三座宝塔

我知道宝塔千百年来一直在呵护着万千生灵

我看到了凤凰山上关押将军的那座古老的凤凰寺

我读懂了壮志未酬、报国无门、以诗言志的心声

我走进了大唐明君李世民敕建的龙兴讲寺

看到了悬挂在大雄宝殿的"眼前佛国"四个大字

我感受到了佛的正大光明和慈悲慈仁的温暖光芒

我从未曾想到"龙场悟道"后奉诏回京的王阳明

也曾经两次在这里开坛，讲授"致良知"的内涵

我来到了二酉山，在酉水岸边仰望神圣的藏书洞

仰望雕刻在山上的、黄永玉先生题写的"中华书山"

我无限虔诚地膜拜无惧生死、保存中华文化火种的大秦
　　先贤

我走进了白岩界山，来到了掩隐在竹林深处的王家大院

知道了红军在沅陵点燃了革命的烈火，看到了贺龙元帅

率领红二军团、红六军团为中央红军的胜利转移在沅陵
　　激战

看到了沅陵老百姓当年与红军心连心的动人场面

我走进了借母溪，听到了曾经的苦难的岁月里那些穷汉子

与"狃花女"演绎的"典妻借母""母子永别"的苦涩故事

庆幸的是，今天这里到处是森林、溪流和幸福的男人
　　与女人

最幸福的是，我在这里还看到了金色的秋阳下撑着一把淡
　　雅油纸伞的

那个明眸皓齿、笑靥如花、飘飘如仙的湘妹子

千里沅江通黔贵，酉水画廊连巴蜀

三千里碧水为路，五万峰青山作营

沅陵之水有大美，美在隽秀，美在古朴，美在险峻，美在
　　丰饶

美在壮丽，美在广阔，美在人文，美在传说，美在神秘

我想说，沅陵之水有大美，更美在这里以水为生的人民

他们千百年来在船工号子的呐喊声中无穷无尽的创造

他们在激流险滩的大自然面前一往无前的勇敢和勤劳

他们在艰难险阻面前前仆后继、勇于抗争的不屈不挠

而今天最让我感动的是那成千上万顾大局、识大体的渔民

在陈家滩千岛湖，我曾经采访了几家上岸的老百姓

"绿水青山就是金山银山"的理念已经深入了他们的心

一山一水一河长，每村每户每个人，包括学校的老师和
　娃娃
都加入了"守护好一江碧水，保护好每一条河流"行动
他们放弃了渔船而上岸，从"捕鱼人"变成了守护江河的人
沅陵的人民啊，一代一代奉献、付出和牺牲的精神令人
　动容

这是一片摄人心魄、令人心向往之的神奇之地
这是一片山水壮丽、如诗如画的人间大美之地
这是一片历史悠远、文化厚重的华夏文明之地
沅陵，一个"美得令人心痛"又心醉的地方
最美的诗情，染绿了那一江碧水，两岸青山
最浓的诗意，藏在那神奇、神秘的辰州大地
其实，在沈从文的笔下，最美的湘西古城还是沅陵
碧绿的山，碧绿的水，碧绿的树
碧绿的小桥和茶园，还有染绿的一颗颗心
那每一眼绿，好像都在等待，等待着远方的你
沅陵，是何等之美啊
美得令人心醉！更美得令人心痛
你不来，你怎会知道，这里的美
因何会美得令人心痛
我知道，你一直在等我

所以，我来了

（选自《黄河·黄土·黄种人》2023 年 11 月号）

郑志刚的诗

树影是冬夜的青筋

瘦裸着身子的枝干

在路灯、车灯、手机光、月光

之下

曲从为

冬夜四肢上纵横的青筋

别和这些瑟缩的树影

纠缠你那点

仁核桃俩枣的心事了吧

它们又冷又饿

被伊们践踏于地

被猫狗撕来扯去

而实际上，它们

饱饮了大地的热血

只是不屑于

在春天到来之前

吐露得

万紫千红

罢了

（选自《海燕》2023 年 6 月号）

抱树未遂

到深山里，张开双臂

抱住一棵据说 500 年的老槐

没能抱圆

且叫

抱树未遂

为了不被抱圆

一棵树，咬着牙

在深山里长了 500 年

这叫

夙愿得偿

（选自《海燕》2023 年 6 月号）

路过李商隐

大年初四，干冷而晴

驾车路过河南荥阳的李商隐公园

相见时难别亦难

昨夜星辰昨夜风

等红灯的时候

脑海中冒出零零散散几句

算是应景了

副驾上的张兄是资深语文教师

他装修中的新房子就在附近

当初置业从未将晚唐诗人考虑在内

但很难说，这老兄

日后不会剐蹭上几许闲愁

（选自《海燕》2023 年 6 月号）

邹钧的诗

青草絮事

初春繁复的叙述里

一片草的疯长

仿佛是最有效的

说低下身子

可听闻萌发的愿望

泥土通过穿刺

散布宽大的体香

说关于野火与覆盖

说风中细腰

说人间旱涝事

说悲欣交集

那样对立统一的词

说五年前的新土

现已扎满草根

长成我——

为数众多的小父亲

（选自《诗潮》2023 年第 9 期）

左军的诗

春天的事

不是所有的花开都会迎向你

你看见哪朵，就是哪朵

我也想，在春天就做春天的事

和蜂蝶一起采蜜

腿脚沾满花香

心也如糖一般甜

如果没有记忆

逝去的时光

该像未曾来过一样干净

种下草，就长绿

栽下花，就开花

阳光照过来

听我们交谈

仿佛一生，就这样慢慢过完

我微笑的样子

是在模拟一朵花开

没有参照，幸福大抵不过如此

添上树梢的鸟鸣，白云，一小块蓝天

也许就能让风忍住呜咽

让山河忍住悲伤

（选自《牡丹》2023 年 1 月上半月刊）

春风十里

人们各自走路，四面灰土
委弃于泥地的，都在黑暗里沉没
静穆。时间在阴影里穿梭
被多少阳光照射过
一颗心才会明亮起来

一场花事打开春的闸门
那么多的美奔涌而出
绿叶红花掩映下
你看不出一条河的隐疾
和一个人身体里蛰伏的惊恐
"我将开口，同时感到空虚"
孤独挂满了天空
——可你看不见它
它落下来
你也听不见

（选自《牡丹》2023年1月上半月刊）